U0483382

国际大奖儿童文学
INTERNATIONAL AWARD-WINNING CHILDREN'S LITERATURE

国际大奖儿童文学

彩虹鸽

[美]达恩·葛帕·穆克奇 著

赵一莹 编译　可宸 绘

科学普及出版社

·北京·

前　言

　　随着年龄的增长，人会越来越需要阅读，不只是因为在现实世界中我们需要不断进行知识升级，更是因为我们需要故事。故事是精神的食粮，使我们不致荒芜地走完人生的旅程。一个人的所有经历，从成为回忆的那刻起，便成为这个人独有的故事。我们在阅读故事时，会笑，会敬畏，会充满激情地去行动，会想改变什么，会更加了解人之为人的原因。

　　我们可以通过阅读一本本经典之作，了解别人的故事，反思我们自己的人生。阅读让我们不必亲身经历苦难而知道苦难。阅读也可以让我们重构过去，塑造现在，面向未来。对于孩子来说，也是如此。他们的喜怒哀乐，可以通过阅读找到共鸣，获得抚慰。

　　一个人在七八岁，或者更早一些的年纪，捧起第一本满篇都是文字的书，这便是独立阅读的开始。如果这本书是世界经典作品，那么它将告诉孩子，在哺育他的文化背景之外，还有另外一种文化。除了他看到的、想到的，还有一个人用另一种视角、另一种思想看待和理解我们这个世界。这种美妙的阅读体验，有时会被难以理解的词汇和拗口的语句阻碍，有时会被个人有限的知识束缚，有时会被过长的篇幅和未养成的阅读习惯牵制……

为了避免给孩子带来以上问题，在编译这套"国际大奖儿童文学"书系时，我们邀请了一线教研人员和儿童文学作家，一遍遍打磨本书系的语言，最大限度地让书中的语句形象生动、明白晓畅。让孩子在脱离父母、老师辅助的第一次自主阅读时，不但能自己读懂，还能在头脑中形成画面，领悟原著的精髓，领略文字的魅力，带来想象力的提升。

为了将绘本阅读带来的美好体验和审美习惯延伸进自主阅读中，本书系中的每个分册都加入了大量的精美插图，帮助孩子理解故事，增加阅读趣味。当然，本书系也十分适合亲子共读。父母不仅是孩子的长辈，也是孩子的朋友。共同阅读一本经典作品，可以更好地促进良好亲子关系的形成。或许，在与孩子讨论某个人物、某个片段时，孩子的独到见解，也能令父母再次成长。又或许，在听孩子复述一个个故事、描绘一位位主人公时，父母会惊讶于孩子表达能力的提高，以及他们情感的丰富与细腻。

阅读让我们了解其他人的观念与思想，让不同的人拥有互通的语境。在这个背景下，我们有了沟通的桥梁，能够更好地给予理解，产生共鸣。希望本书系能成为孩子成长的多功能桥梁，而不局限于阅读一个方面，这也是本书系出版的初衷。

目 录

- *003* 第一章
  彩虹鸽的诞生

- *009* 第二章
  彩虹鸽接受教育

- *016* 第三章
  训练方向感

- *022* 第四章
  在喜马拉雅山

- *039* 第五章
  追踪彩虹鸽

- *055* 第六章
  彩虹鸽出走

- *060* 第七章
  彩虹鸽的故事

- *070* 第八章
  彩虹鸽的冒险历程
  （续）

- *084* 第九章
  为战争而训练

- *093* 第十章
  战前训练（续）

- *107* 第十一章
  彩虹鸽求偶

- *115* 第十二章
  战争呼唤彩虹鸽

- *122* 第十三章
  第二次冒险

- *128* 第十四章
  刚德去侦察

- *136* 第十五章
  彩虹鸽讲述如何送信

- *142* 第十六章
  治愈仇恨与恐惧

- *152* 第十七章
  喇嘛的智慧

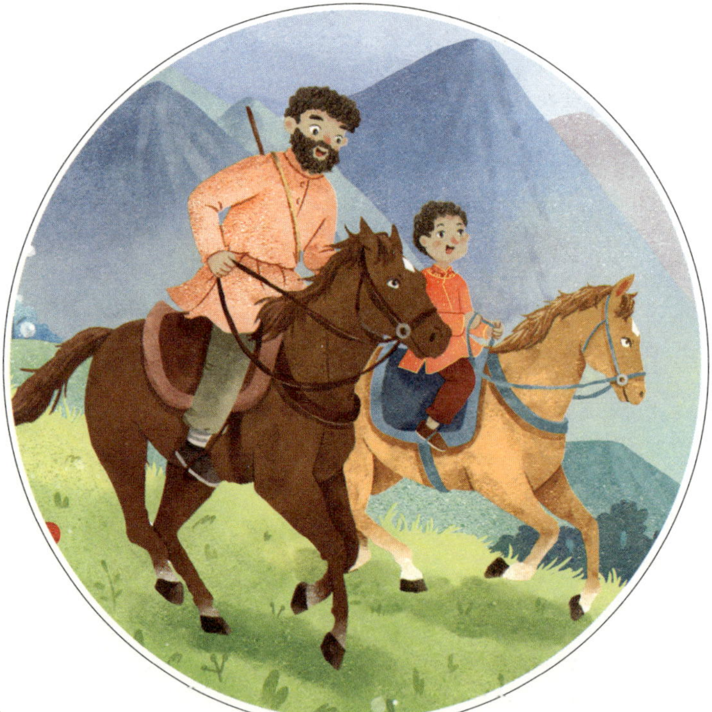

- 致苏雷什·钱德拉·巴纳吉先生 -

亲爱的苏雷什：

考虑到《彩虹鸽》需要一个能够给它认可的长者，我给您写了这封信。我给您写信还有以下几个原因。第一，您是一位诗人、一位自然观察家、一位旅行者。这些身份无疑让您成了最适合点评这本书的人。我相信在这方面，没有人能胜得过您。

第二，您了解我的主角彩虹鸽所生长的国度，以及鸽子本身的习性。您肯定知道，鸽子的生活就是对两件事的重复：觅食和躲避敌人的攻击。如果您看到这本书里的小英雄一次又一次地与鹰隼周旋的话，那么您就会会心一笑，因为这是我对鸽子相伴一生的噩运的忠实复现。

至于我写作这本书的参考资料，您应该也非常清楚。很多猎人、像您这样的诗人，还有不计其数的用不同语言写作的书籍都大大地帮助了我。这些资料实在太多，我无法在此罗列。如果您愿意的话，我希望您能收下这本书。这只是一份薄礼，但请您给我一个机会偿还我的债务：没有您的启迪，我是无法写出《彩虹鸽》这样的故事来的。

永远忠诚于您的

达恩·葛帕

第一章
彩虹鸽的诞生

生活在印度的加尔各答意味着你会像熟悉自己的家人那样熟悉鸽子,在这座城市里,平均每个男孩会养四只信鸽。他们能够接触到翻飞鸽、芭蕾鸽、凸胸鸽这些神奇的品种。印度人由衷地喜欢鸽子,上到王公贵族,下到住在仅能遮身的破屋里的穷苦百姓,他们都会用自己的双手去呵护这些美丽的小生灵。作为回报,鸽子也点缀了印度。不管你漫步在皇家的后花园,行走在大理石做成的喷泉边,还是造访乡下的一个普通朋友,你都会听到相似的乐曲,看到相似的装饰——那是白鸽咕咕的鸣叫声和彩鸽绚丽的羽毛。

岁月的飞逝没有让加尔各答人对鸽子的喜爱有一丝一毫的减少,如果你是异乡人的话,那么在冬日清晨,无数男孩登上房顶,用手中的小白旗指挥空中的宠物鸽的场景一定会给你留下深刻的印象。一开始,各家的房顶上都会飞出几只鸽子,它们在主人家附近盘旋一会儿后,才会和自己的同类聚集。它们越聚越多,越飞越高,到后来会形成浩浩荡荡的一大群。你无法数清那里面有多少双拍打着的翅膀，因为此时它们已经到达了不起的高度，看起来和云彩一样高了。

自家的鸽子升空之后，男孩们会目送它们远去。等到再也看不见宠物的身影了，他们才会不舍地移开视线，开始做其他事。但是他们一点儿也不担心自己的鸽子就此失踪，因为过去的经验告诉他们，虽然自己家的房顶形状与其他人家的房顶一模一样，但是房顶的颜色却是不同的，凭借着这些细小的差别，鸽子们从不会迷路。

我曾经就是这样的一个男孩，整日与这些可爱的生灵为伴。我之前曾写过我的朋友大象凯瑞的故事，他用四只大脚走路，嘴边长着洁白的长牙，我和你们说过他的方向感是多么好，对我的爱是多么深沉。那么，我现在要告诉你们另一个事实：在认路能力和忠诚度上面，只有鸽子能和大象媲美。

接下来要讲的故事是关于我的鸽子朋友齐特拉-格里瓦的。"齐特拉"的意思是"用缤纷的颜色绘画"，"格里瓦"的意思是"脖子"，两个词合起来意思就是"一只脖子五颜六色的鸽子"。当然有些时候，人们也会叫他的另一个名字"彩虹颈"。

我必须向没有养过鸟类的人解释一下，彩虹鸽诞生的时候是没有五颜六色的颈羽的。事实上，他一开始浑身光秃秃的，用了好多个星期才长全羽毛，直到他三个月大的时候，他的脖颈仍然没有长出那圈漂亮的彩色羽毛。不过他最后还是变成加尔各答四万只鸽子里最好看、最勇敢的那一只了，当他飞向天空的时候，他就是唯一的焦点。

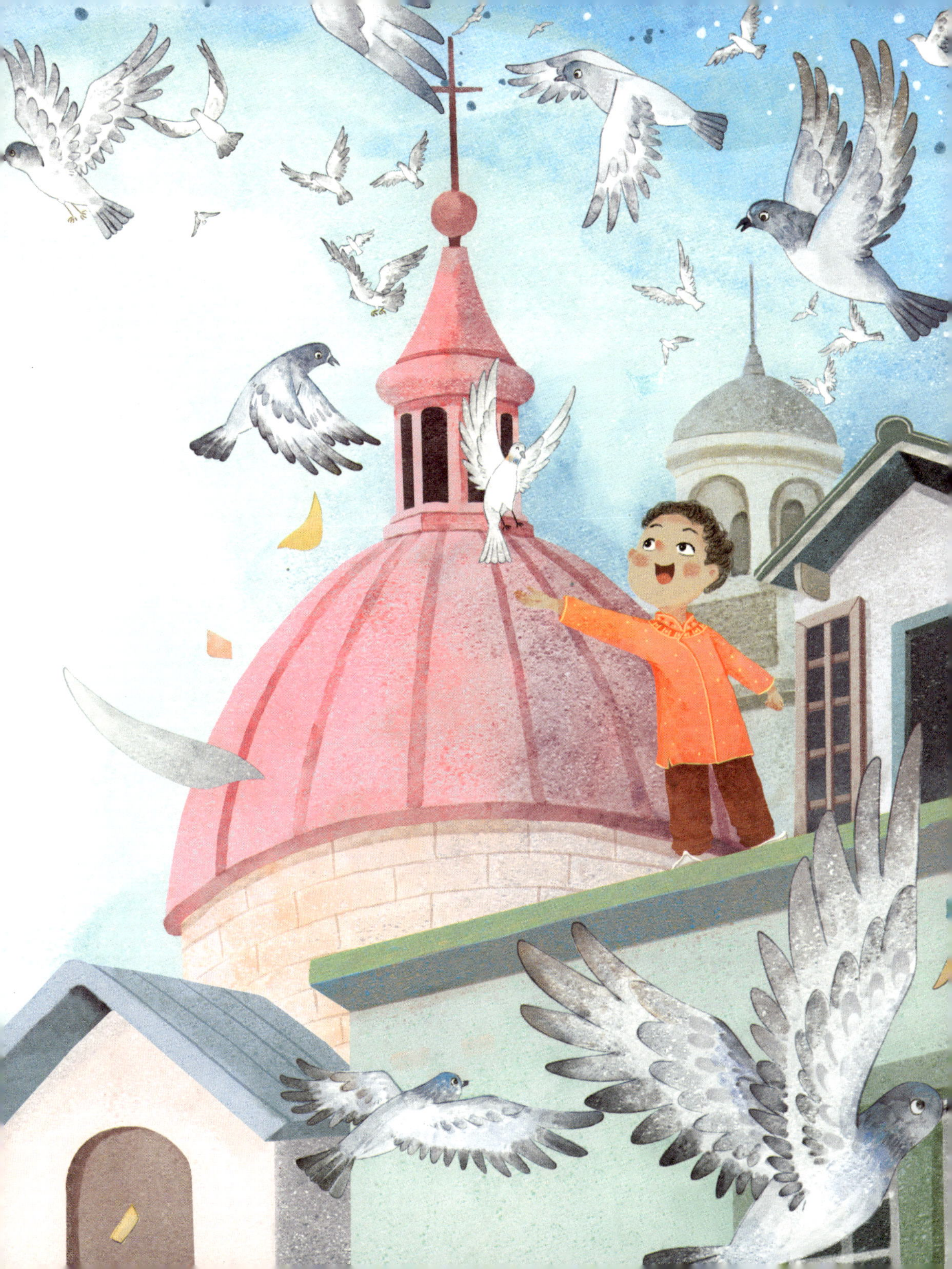

哦，彩虹鸽的故事不能被这么潦草地概括，接下来我会慢下来，从彩虹鸽的父母开始讲这个故事。彩虹鸽齐特拉-格里瓦的父亲是一只勇敢的翻飞鸽；母亲是一只绝顶漂亮的鸽子，来自一个传承久远的信鸽家族。后面我们会说到，彩虹鸽成长为优秀的信鸽后极大地发扬了父母的优点。他与敌人周旋时会用从父亲那里遗传来的翻筋斗的本领，需要用计策的时候会展现出和他的母亲一样的智慧。

想必这样说之后，你们一定会好奇彩虹鸽面对的敌人都是谁。而我不得不惭愧地承认，给彩虹鸽带来第一场危机的不是别人，正是我自己。我的天哪，现在想起来我还会一阵阵后怕，我怎么会那么笨，居然打碎了两颗蛋中的一颗。如果我当时再毛毛躁躁一点儿，是不是未出世的彩虹鸽也会失去生命呢？

这件事是这么发生的：我家的房子有四层楼高，鸽巢在房顶上。当时鸽妈妈刚刚生下蛋，我每隔几天就会拿着工具到房顶上去清扫鸽巢。有一天，我又打算去做一次清扫，于是打搅了正趴在蛋上的鸽妈妈。我用手掌将她轻轻托起来，放在一边，又小心翼翼地拿起那两颗圆润漂亮的蛋，把它们放到了旁边的鸽巢里。紧接着，我就开始忙活起来，先是打扫干净鸽巢里的杂物，然后又给他们更换新的法兰绒。鸽妈妈这期间一直安静地待在房顶上，当我完成任务之后，就立刻又以最温柔的力度拿起一颗蛋，放回了原先的鸽巢。

然而，当我扭头拿起另外一颗蛋，把它缓慢地放在我的掌心，将手掌向鸽巢伸过去的时候，一个东西忽然以闪电般的速度朝我的脸飞过来，原来是鸽爸爸对我发动了攻击。他的一双翅膀就像暴风雨一样拍打我的脸。受到袭击的刹那我被吓坏了，下意识地松开了手，于是那颗本该回到温暖鸽巢的蛋就这样摔在了房顶上，蛋清蛋黄碎了一地。我还来不及意识到发生了什么，鸽爸爸的爪子就抓在了我的脸上，让我疼得倒吸冷气。于是接下来的几分钟里，我只顾着朝半空中乱挥胳膊，竭力赶走鸽爸爸并发泄自己的怒气。但鸽爸爸飞走之后呢？所有的怒气都倒灌进我的胸腔里，我凝视着地上的液体与蛋壳碎片，心像是被搅成了碎片。

鸽爸爸没有错，错的是我。保护巢穴和鸽蛋是鸽子的本能，尽管我和他们非常熟悉，但是在孵育小鸽子期间，公鸽就是会把我当成偷蛋贼。对他来说我是多么庞大的生物啊，可是他却英勇地冲上来攻击我。而我，却忘记了鸽子的天性，没有在打扫时做好万全的准备。希望在听完这件事后，你们不会再犯和我一样的错误。

让我们继续讲这个故事。在蛋被打碎一颗之后，鸽妈妈和鸽爸爸便非常细心地照料他们仅剩的那个孩子。尽管公鸽和母鸽都会卧在蛋上，用他们的体温帮助小鸽子发育，但知道雏鸽破壳的奥秘的却只有鸽妈妈。她知道蛋壳里的蛋黄和蛋清什么时候变成小宝宝，也知道她的小宝宝正以什么姿态待在蛋壳里面。当雏鸽已经彻底长成，她就会用正确的力道啄咬正确的位置，让蛋壳裂开——我一直认为这是一首最动人的生命赞歌。

自从母鸽生蛋后我一直密切地观察着鸽巢，因此我可以和你准确地描述这一切。那神圣的时刻是在母鸽生蛋后的第二十天到来的，那一天母鸽没有卧在鸽蛋上。看到鸽蛋躺在法兰绒上无人照顾，公鸽便一次次从旁边飞过来，想要自己钻进窝里孵蛋。这个时候母鸽就会及时地横在他的面前，用喙啄他，用翅膀扇他，让他不能接触到鸽蛋。这让鸽爸爸很迷惑，他委屈地咕咕叫唤，好像在说："我要孵蛋，你怎么还赶我走呢？"

鸽妈妈并不因此心软，她坚决地将鸽爸爸赶走："你居然还没有注意到吗？马上就要到孵蛋的关键时刻了。快走快走，你别在这里捣乱了。"

三番五次被攻击之后，鸽爸爸终于飞走了。可是我的心却始终悬在嗓子眼，既害怕看到鸽蛋无法孵化的惨剧，又期盼早点看到小生命的诞生。一秒钟，两秒钟，一分钟，两分钟……我提心吊胆地观察了鸽巢一个半小时，鸽妈妈没有任何动作。又过了十分钟左右，她轻轻地转了一下头。她动作的幅度是那么小，以至于我怀疑是不是因为自己看得太久而出现了错觉。但下一秒，她似乎是听到了鸽蛋里面发出的讯号，整个身体都颤了一下。

在这个刹那，我变得焦虑而惶恐，鸽妈妈却变得无比坚定，她微微仰头，找准位置，毫不犹豫地啄了下去。鸽蛋一下子就被她啄出了一个小小的破口，紧接着，在鸽妈妈和"小不点儿"的合作下，蛋壳彻底裂开，小不点儿那羸弱的、颤抖的身体露了出来。这个时候，鸽妈妈才露出了一些惊讶的神情："原来我与鸽爸爸这些天来照顾的蛋里藏的竟是这样一只小家伙吗？"呀，他可真瘦弱，浑身一根毛都没有。他在那里颤抖，鸽妈妈慢慢地靠近小不点儿，把他埋在了自己胸前温暖的羽毛里。

· 第二章 ·
彩虹鸽接受教育

在鸟类的世界中,有两个场景是最为温馨动人的:一个是鸟妈妈啄开蛋壳,让她的孩子沐浴第一束光的场景;另一个是鸟妈妈将孩子护在身体下,喂他们食物的场景。彩虹鸽被他的父母呵护得很好,鸽爸爸与鸽妈妈对他的爱护就像人类对孩子的拥抱那样,让一个无助的生命感受到温馨和快乐。对幼鸟来说,这种心灵上的满足和食物一样重要。

当小鸽子逐渐长大,鸽巢里的棉花或者法兰绒应该铺得越来越少。很多喜欢养鸽子的人会犯一个错误,他们只想着让鸽巢足够温暖,而忽略了幼鸽本身散发的热量会越来越多这个事实。与此同时,我也相信在这个时间段经常清扫鸽巢并不是明智之举。我们对幼鸽的了解不会胜过他的父母,如果鸽爸爸和鸽妈妈选择将什么东西留在巢里,那么那些东西就一定是对幼鸽有益处的。

我能够不费吹灰之力地回想起小彩虹鸽是如何乞食的:从他钻出蛋壳的第二天开始,每次他的爸爸或妈妈飞到巢里,他就会自觉地张开小嘴，并且将自己粉红色的小身子像风箱一样伸展开。这个时候鸽爸爸或者鸽妈妈就会读懂他们孩子的意思，把喙放在小彩虹鸽大张着的嘴里，然后将他们刚吃的谷物软化成的乳状物喂给小彩虹鸽。这种乳化物是非常软的，像浆水一样。没有鸽子会直接将谷粒喂给孩子，因为即使是一个月大的幼鸽，他的肠胃也还非常脆弱。

我们的彩虹鸽是个大胃王。对于鸽爸爸和鸽妈妈来说，其中一只鸽子待在他身边护着他的时候，另一只鸽子就要因为找食物而忙个不停。并且我也观察到，鸽爸爸为孩子找食物和伏窝育崽所付出的辛劳完全不逊于鸽妈妈。在这样的哺育下，彩虹鸽长得胖墩墩的也就不足为奇了。慢慢地，他的身体不仅变得更强壮，还从粉红色变成了有点儿泛黄的白色——这代表他要长出羽毛来了。紧接着，羽毛的雏形就出现了：一些圆的，有点儿硬的白色刺状物出现在彩虹鸽的身体上。这时的彩虹鸽简直像是一只微缩版的豪猪。再后来，他的喙也长出来了。他的喙又硬、又尖、又长，尽管他还是只小鸽子，但喙已经展现出他未来的风采了。我领略到鸟喙的威力是在彩虹鸽三个星期大的时候。有一天，一只小蚂蚁绕过趴在鸽巢入口的彩虹鸽，想爬到鸽巢里面去。没有人给彩虹鸽指示，但他却用嘴飞快地发起了攻击。当他抬起头时，那只蚂蚁变成两半了。我可以向你保证，彩虹鸽做出这样的举动仅仅是因为他把蚂蚁当成了一颗滚动的谷粒。当意识到那东西带来的触觉和谷粒有点儿不一样后，彩虹鸽就又低下头，仔细地打量了一番这只无罪却被自己啄死的昆虫。也许他就此对所有蚂蚁都带上了一份愧疚吧，反正我之后再也没有见过他伤害任何一只蚂蚁。

  彩虹鸽五个星期大的时候就能到处跳来跳去了，虽然他主要还是吃鸽爸爸和鸽妈妈提供的流食，但是他非常渴望自己去寻找食物。我在鸽巢旁边放了一个盛水的盘子，彩虹鸽经常会跳出鸽巢，到那里喝水。有时候他也会跳到我的胳膊上，伸长脖子在我的掌心啄起谷粒。当谷粒被啄住之后，彩虹鸽立刻就会变成一个急于展示自己本领的杂技演员。他会将头向上一甩，让谷粒飞到半空中，然后再接住。如此重复三四次，他才会将谷粒安安分分地吃下去，接着立刻盯着我，他那清澈的眼神仿佛在说："我厉害吧？等我爸爸妈妈回来之后，你一定得和他们夸夸我。"

除此之外，观察彩虹鸽的成长还解决了我长久以来的一些困惑：鸽子们为什么可以直视太阳，还能在沙暴天气里正常活动？他们的眼睛有什么奥秘？这天，我还像往常一样看着彩虹鸽玩耍，突然，我看到他的眼睛上有一层膜。我以为他得了眼病，于是赶忙伸手抓他，结果他被我的动作吓到了，立刻缩到了鸽巢的最里面。这时我注意到他的眼睛又变成金色的了。

当然，最后我还是抓住了他，不过因为不再像刚才那样担心，我这次伸手的速度很慢，抓的力道也很轻柔。那个时候是五月，阳光火辣辣的。我将他放在太阳下观察，正好让他再次展现了那种本事——他的眼睑上盖着一层纸一样的膜。当我用自己的身子挡住阳光时，那层膜就会退下去，露出金色的眼睑。这时我明白了，让鸽子们能够直视太阳，在沙暴天气里正常活动的东西正是这层保护膜。

但无论我如何喜爱彩虹鸽，我都得客观地说，相比于我喂养过的其他鸽子，他的能力其实发展得很慢。出于这个原因，我对他学飞的结果充满了疑问。

也许你会觉得鸟天生就会飞，小鸟学会飞行是一件十分轻松的事情。但事实绝非如此。人和水非常亲近，小孩子更是喜欢在水里玩，但是哪个孩子在学习游泳的时候没有犯过错误呢？对我的彩虹鸽来说，学飞就更加困难了。他犹豫了很久才站到房顶上，张开翅膀的动作就扭扭捏捏的：不是扇动翅膀飞翔，而是在长时间地吹风。

这里我必须岔开一笔，说说我家房顶的样子。前面我说过，这栋房子有四层高，它的房顶是水泥的，四周有一圈又高又结实的水泥墙。不下雨的夏夜，我们为了凉快常常睡在屋顶上。由于有那样一圈墙围绕，我们丝毫不担心有人会半夜梦游，然后从楼顶摔下去。

我巴不得彩虹鸽早点学会飞行，因此我一有时间，就会将彩虹鸽放在墙上，让他感受风是什么样子的。可是他每次都站在原地，除了张开翅膀之外什么都不做。为了让他拍打翅膀，学习如何带动空气，我尝试着把他放上墙，然后将花生丢在房顶的地面上，诱惑他跳下来啄咬。可是这对彩虹鸽来说好像是一件很可怕的事。他好奇地盯着我看了一会儿，然后低着头看那些可口的花生，似乎确信我会把花生捡起来递到他的嘴边。我自然没有那么做，只是抱着双臂望着他。

明白我要让他自己吃花生之后，彩虹鸽就变得犹豫起来了。他在墙沿上来来回回地踱步，时不时伸长脖子，衡量自己和花生之间的距离。可是三英尺[①]的高度让他那不切实际的幻想一次又一次地破灭了。最后，在纠结了十多分钟之后，他终于鼓起勇气，跳了下来。出于本能，他下意识地张开翅膀保持平衡。他的羽毛非常漂亮，在气流的带动下，在我的眼前展开的好像不是翅膀，而是一面船帆。啊，这真是一次来之不易的胜利！

也是在那时，我发现彩虹鸽羽毛的颜色开始有了变化。起初，他身上的羽毛是黯淡的灰蓝色，可现在，在阳光的映射下，我却发现彩虹鸽

[①] 英尺，旧的英制长度单位，1 英尺 =0.3048 米。

的羽毛是发亮的海蓝色。之后又有一个清晨，我看到阳光下他的脖子散发出五彩的光，像戴了一串彩色的珍珠项链一般。"齐特拉－格里瓦！"我情不自禁地喊出声来。

我之后又帮了彩虹鸽一些忙。比如，在他跳到我的胳膊上的时候，我会突然地晃动手臂，让彩虹鸽不得不一次次张开翅膀保持平衡。但是在飞行课上我充其量是个助教，飞行的要领主要还是得靠他的爸爸妈妈。在看到鸽爸爸和鸽妈妈对他们孩子学飞行的进度一点儿反应也没有的时候，我着急坏了。我忍不住想：这两只鸽子是不是忘记了六月会到来的印度的雨季？一旦开始下雨，那么彩虹鸽就没有机会练习长途飞行了。

就在我要放弃训练彩虹鸽成为一只优秀的信鸽时，鸽爸爸似乎想起了他的任务。那是五月底的一个晴天，天空显得格外高远。我站在房顶上向远方眺望，发现我能够越过一座座玫瑰色、紫罗兰色、黄色和白色的屋顶，看到远处被划分成一个个方块的田野和散落其间的小凉亭。当天下午我又把彩虹鸽放在房顶上。

"天气这么好，你快些学会飞翔吧。"我祈祷着。

但是站在水泥墙上的彩虹鸽仍然不急不忙，只是张开翅膀享受日光浴。这时鸽爸爸忽然飞过来了，他绕着自己的儿子飞了几圈，用一种诧异的眼神打量彩虹鸽，那意思好像是在说："哟，我怎么在水泥墙上发现了这样一个小懒蛋。没想到你都三个月大了，连飞行都不会。你到底是不是鸽子呀？"

彩虹鸽没有理睬他的爸爸，继续扬着脑袋看风景。这可让鸽爸爸气坏了，他一斜翅膀，飞得更低了一点儿，并且开始用鸽子的语言唠叨他的儿子。为了逃离这样的说教，彩虹鸽迈着小碎步往旁边走。可是他笨拙的行走怎么比得上鸽爸爸飞行的速度呢？鸽爸爸见彩虹鸽不但不听他说话，还企图逃跑，于是就飞到了彩虹鸽的身后，一边跟着他移动，一边用自己的翅膀拍打彩虹鸽的翅膀。他们就这样向前移动，最后到了水泥墙的边缘。彩虹鸽必须要面对从屋顶上飞下去的选择。就在这时，鸽爸爸突然将自己的重量压在彩虹鸽身上，让他向楼下滑去。

彩虹鸽掉下去了，但是下坠了不到半英尺，他就开始扑打翅膀，然后停止了下落——没错，他飞起来了。对鸽爸爸、鸽妈妈和我来说，这是多么富有纪念意义的时刻！当时鸽妈妈正在他的正下方梳理羽毛，看到儿子被丈夫推下来并开始振翅飞翔，她立刻飞到了儿子的身边，开始陪着彩虹鸽在半空中一圈又一圈地飞翔，这一飞就是十分钟。

他们降落在房顶上后，我注意到了鸽妈妈与彩虹鸽的不同：十分钟的飞行对鸽妈妈来说连热身都不算，她安静地降落，偶尔会充满喜悦地扭头，看看她刚刚学会飞行的儿子；而彩虹鸽降落时却跌跌撞撞的，即使爪子已经踩在结实的地面上，却仍然颤抖个不停。

鸽妈妈知道无须担心彩虹鸽，正如我们的妈妈看到我们第一次进入深水区游了一圈，兴奋得满脸通红的时候，知道她的孩子们马上就会彻底学会游泳一样。当彩虹鸽始终无法让自己激动的内心获得平静的时候，鸽妈妈轻轻地走到他的旁边，让他的脑袋埋在自己胸脯上的蓬松羽毛里，就像彩虹鸽刚刚出生时她所做的那样。

第三章
训练方向感

现在彩虹鸽已经克服了跳入空气中的恐惧,他就像一个刚刚受过训练的潜水员似的,时刻准备好朝更高的目标进发。自从鸽爸爸教会他飞行,他每天都会比前一天飞得更高,飞得更远。他第一次飞行时只飞了十分钟就已经上气不接下气了,不过几天之后,他就能充满自信地连续飞行半个小时了。而且他现在基本掌握了优雅降落的技巧,他会首先用双爪接触房顶,然后迅速地收起双翅。看着他敏捷的身姿,我很难相信这就是之前那个惊慌地扑打着翅膀,摔在地上的小家伙。

因为彩虹鸽飞得还不熟练,初期鸽爸爸和鸽妈妈一直陪伴着彩虹鸽。但是我注意到随着彩虹鸽飞得越来越好,鸽爸爸和鸽妈妈开始飞在他的上空了。一开始我认为这是鸽子的一种教育方式,鸽爸爸和鸽妈妈利用彩虹鸽对他们的依恋,鼓励他们的儿子越飞越高,但是六月初发生的一件惊心动魄的大事让我改变了这一看法。

那天天气晴朗,彩虹鸽照例出去飞行。我仰头看去,发现他此时的高度让他看起来只有平常的一半大。他的父母则又飞在上方，看起来只有人的拳头那么大。我已经看了很多天这样的场景，所以感觉有点儿腻烦，便移开了视线。当我揉着自己酸痛的脖子、看着低处的风景的时候，忽然注意到有一个黑色的影子朝这里移动。距离越来越近，身形越来越大。我非常好奇有什么鸟能以这种速度直线飞行，大部分鸟喜欢飞的是曲线，正因如此，鸟的梵文[①]是 Turyak，意思是"曲线追踪者"。

几分钟之后，我终于认出这是一只隼。隼是一种善飞、食肉的猛禽，当意识到他的目标是我们家的鸽子时，我不禁倒吸了一口凉气。鸽子们会如何应对这种威胁呢？我抬起头，看到彩虹鸽的爸爸和妈妈都迅速地降落到了和彩虹鸽相同的高度，鸽爸爸是翻飞鸽，所以他下降时翻了几个筋斗，鸽妈妈则像往常那样在空中划出了一道优美的曲线。应该是飞在彩虹鸽上方的缘故，他们比我更早意识到了危险，在那只隼距离彩虹鸽十码[②]之前，鸽爸爸和鸽妈妈就将彩虹鸽的左右两侧都保护好了。然后他们三个就默契地一拍翅膀，开始垂直向下飞行。然而，隼在空中飞翔时也很灵活，虽然他因为冲刺的速度太快而飞过了头，但是他很快就重整旗鼓，开始追逐那三只下落的鸽子。

[①] 梵文，印度雅利安语的早期名称。
[②] 码，长度单位，十码是 9.144 米。

鸽子们知道家是安全的地方，所以他们一边下降一边靠近房顶。他们与隼一上一下飞了一分钟左右，离房顶只剩一半的路程了。我看着他们之间的距离，满以为鸽子们可以顺利地飞回来，但是隼在这时候用了个有点儿阴险的计谋：他一扬身体，转而向上方飞去。鸽子们听不见他翅膀发出的飒飒声响，就以为隼放弃了对他们的追逐。可实际上那只隼仍然在密切地盯着这三个目标，只是故意让他们放松警惕，飞得更慢而已。我知道隼一旦积聚好力气，下落时的能量就如同巨石下坠。为了不让我的鸽子们丧命于他的利爪下，我只好用嘴唇含住手指，向他们吹出了一声尖锐的口哨。

被我警告之后，鸽子们意识到危险尚未离去，加快了振翅的速度。我及时的警告为他们赢得了一些逃命的时间，但隼骤然下落所积攒的动能让他们之间的距离越来越近。三十英尺，二十英尺……因为他们离房顶并不是太远，我能看清隼的利爪的朝向——正是三只鸽子中最显眼的彩虹鸽。

鸽子们就这样等着死神降临，不尝试其他自救的方法了吗？隼的爪子尖马上就要碰到彩虹鸽的翅膀了，我该让他们做什么，安静地等待死亡吗？我的内心简直痛苦到了极点，但此时此刻，我已经不知道该向谁祈祷了。结果，就在我要用手捂住眼睛，向彩虹鸽告别的时候，鸽子们的路线改变了。他们三个忽然改成向上盘旋，让隼又扑了个空。紧接着，他们开始画一个完美而巨大的椭圆形。

转过身来的隼无非有两个选择：从圆圈中央攻击外面的鸽子，或从圆圈外面攻击里面的鸽子。隼选择飞到圆圈中央,跟着外面绕大圆圈的鸽子绕小圆圈。要知道,和沿一个方向飞行不同,一旦开始绕圈,隼就很难和鸽子保持同步。鸽子们密切观察着隼的路线,当隼的后背冲着他们的时候,他们三个就忽然停止绕圈,朝我这边俯冲了过来。我先前还有点儿害怕隼的尖嘴和利爪,但是看到鸽子们是如何机智地对抗敌人之后,我的血液就彻底沸腾了。我大张着双臂,让鸽子们飞进了我的怀里,而后用我的身体护住了他们。追来的隼从我的头顶上掠过,鸽子们再慢五秒钟,他就能得手了。他朝我冲过来时我觉得他的眼睛中犹如燃烧着两团愤怒的火焰,他飞过时卷起了巨大的风声,但我与鸽子们不会被他吓倒,在这场对决中,我们才是胜利者。

鸽子们的精彩表现让我意识到彩虹鸽现在有能力接受有关方向感的训练了。我知道训练的窍门:将鸽子带出去,让他飞回家。同时,这种训练还要时常改变离家的方向,并且距离一次比一次远。第一天,我在清晨把他们装进笼子,带着他们朝东方走。三个小时之后,我打开笼门让他们自在飞行。这些长翅膀的家伙比我更快地回到家里。第二天,我没怎么增加距离,只是把向东走改为向西走,他们依旧安全地回到了自己的家。就这样,不出一周,我们就将家附近的路线走遍了,他们都能顺利地飞回家。

但是我们最终还是遭遇了厄运。那次我打算带彩虹鸽和他的爸爸妈妈到更远的地方去,于是我带着笼子登上一条船,沿着恒河顺流而下。我们依旧是一清早就出发,登上船的时候可能还不到七点钟。和煦的风吹在我们的脸上，我向两侧河岸望去，看到的是绝美的丰收景象。我所坐的船上也装着粮食，被剥去了壳的雪白的米粒堆得像小山一样高，被放在米堆顶上的红色或金色的杧果在阳光的照映下颜色变得更加浓烈。从我们的角度看去，那就像是雪山山顶的晚霞。

接下来鸽子一家所遭遇的灾祸又与我脱不了干系，我是一个在印度生活了许多年的男孩子，尽管早晨的天气是这么好，我也不应该低估六月雨季天气的变化无常。

向下游航行大概二十英里[①]后，我看到了第一片雨云。又过了一会儿，风变得更急了，当它从轻言细语变成怒吼的时候，我们船上的一面船帆被吹掉了。此时我犯了一个最致命的错误，我认为这片雨云所带来的恶劣天气奈何不了我的鸽子，反倒是一个绝佳的训练时机。于是我打开鸽笼，让他们飞了出去，强劲的风让他们的飞行变得十分艰难，十五分钟过去了，他们始终在顶着风低飞，虽然羽毛几乎要被下方的河水沾湿，但他们完全没有放弃的意思。又飞了十分钟，鸽爸爸与鸽妈妈大概是觉得这样的强度对彩虹鸽来说已经足够了，便领着他调转方向，向河岸上的一处村庄飞去。结果就在此刻，天空突然被无数朵黑云笼罩，豆大的雨点倾盆而下，这时除了在船边怒吼着的黑水我什么都看不清了。

"轰隆！"一声，雷在空中炸响。此刻的雷声在我听来像是上天为我与我的鸽子敲响的丧钟。我痛苦地抱住头，后悔今天为什么要坐船来到

---

① 英里，英美制长度单位，1 英里 =1609.34 米。

这里。

　　一片雨云所刮起的狂风让船损失了一面船帆，如此猛烈的暴风雨更是让船彻底失控了。但幸运的是，一阵天旋地转之后，船靠了岸，停在了附近的村落。

　　雨停之后，我在第二天早晨登上火车，垂头丧气地回到了家。我登上房顶想透透气，却在那里意外发现了两只湿漉漉的、筋疲力尽的鸽子。

　　两只鸽子，没有鸽爸爸。只有彩虹鸽和鸽妈妈幸运地回到了家。

　　我们全家人都很喜欢这几只鸽子，鸽爸爸的遇难让我们难过了很多天。那个雨季，只要天气稍稍放晴，我就会来到房顶，和两只鸽子一起凝望远方。但我们再也没有看到过鸽爸爸的身影……

· 第四章 ·
在喜马拉雅山

因为平原的雨水和热气实在是太折磨人了,我的家人们决定将我们带到喜马拉雅山避暑。如果你手头有一张印度地图的话,你就会在世界最高峰——珠穆朗玛峰的对面看到一个叫大吉岭的小镇子,那里是我们

的起点。我们一家人和两只鸽子坐着敞篷车，慢悠悠地游玩了几天，终于到达了丹坦小村。我们此时所在的地方海拔已有一万英尺，如果不是在印度，而是在美国的一些山脉或者欧洲的阿尔卑斯山的话，这个高度肯定会出现积雪。但是我们所在的地方在热带，连北纬三十度都没有达到，一万英尺是看不到雪线的，并且这里还活跃着很多动物。不过动物居民们在某几个月份要向南迁徙，因为这里的山麓在九月之后会变得特别寒冷。

  我们所在的丹坦小村处在这样的环境中：人们住在用土和岩石搭建的小屋里，村庄附近就是种着一道道茶树的山谷。再往前，山脉更为陡

峭，起伏的山脊线条粗粝，但在那林木包围的山谷中，却长着水稻、玉米以及各种各样的水果。再往远处望，便能看见绿得发黑的悬崖，以及耸立其上的几千英尺高的雪白的山峰，它们是干城章嘉峰、马卡鲁峰和珠穆朗玛峰。这些山峰在旭日初升时的风景最为动人。东方的天空刚刚亮起来的时候，它们仍然是纯白色的，但是当太阳跃出地平线，开始升高，它们雄伟的轮廓就会被勾勒得无比清晰。然后，从高峰刺向天空的那个位置，太阳深红色的光倾洒出来，在积雪的映衬下，宛若赐福的血液一般。

以上所描述的是喜马拉雅山脉清晨的美景，再晚些山上就会起雾，人们就无法尽情地欣赏自然奇观了。因此，来喜马拉雅山脉的印度教徒每天都会早早起床，珍惜每一个能够眺望山峰、向神明祷告的清晨。那些山脉是人迹罕至的，所以比其他任何事物都显得神圣不可侵犯。而身为世界之巅的珠穆朗玛峰，更是这些永恒的神性之物中最纯洁、最神秘、最高贵的一个。有些外国游客认为来到喜马拉雅山一带就能看到完美的山景，我要说他们这么想是大错特错了。神与神性之物本就神秘，面纱一样的云雾正反映了这一特质。

不过，如果这些外国人幸运地看到了清晨的山景，他们就不会想要随时随地观看它了。所有人在领略了它的壮丽后都会形成共识："沐浴日光的珠穆朗玛峰实在太让人震撼了，如果看得久了，人会承受不住的。"

因为我们是在多雨的七月来的，珠穆朗玛峰以及其他山脉有时候还会被暴风雨笼罩，让人无法看清山脉的样子。但是这可能会带来更恢宏的景象：暴风雪过后，山脚下还风雨交加，山顶处却逐渐放晴，可以看到白雪皑皑的山峰在阳光的照耀下闪耀的光芒。从远处看去，这景象好似一群苦行僧在威严可怖的神灵脚下疯狂地跳舞。

我们在喜马拉雅山居住时，我的好朋友拉迪亚和我们的丛林知识老师刚德来到了我们家。拉迪亚与我年龄相仿，但是已经成为一名婆罗门祭司。至于刚德，我认识的人当中，没有一个人能说清他现在到底多少岁了。因为他看上去经历了不少岁月的打磨，拥有很多的丛林经验，我们都叫他"老刚德"。他是全印度本事最高的猎人之一，所以家长们将我和拉迪亚交给他教导。在他的带领下，我们了解了更多的丛林知识，还有许多丛林动物的习性。由于在其他书中我浓墨重彩地讲述了那些事，这里我就不再多说了。

我们在这个地方安顿下来后，鸽子们就开始接受方向感训练。因此当我们经过整个上午的攀爬，穿过冬青和冷杉树，抵达寺院的楼顶或是某个贵族的院子时，我可以大胆地放飞我的鸽子，让他们自己飞回家去。在那之后我们就只顾着观察和了解自然了。到了傍晚，彩虹鸽和鸽妈妈总是会站在房顶上，迎接我们回家。

喜马拉雅山的雨水比平原要少一些，但在那个七月，我们只享受到了六个晴天。所以我和我的朋友拉迪亚仗着有刚德的指导，在短暂的度假时光里顶着雨观赏了很多地方：刚德领着我们拜访了各个阶层的当地人，这些住在喜马拉雅山一带的人和中国人长得很像，他们举止优雅，对待客人非常热情。我们常常很狼狈，和三个落汤鸡差不多，但是我们随身带的鸽子几乎没有淋过雨。这是因为鸽笼被我们的衣服牢牢保护着。

七月即将结束的时候,我、拉迪亚和刚德,外加两只鸽子,已经将喜马拉雅山南坡所有的喇嘛庙以及大部分男爵的住处都拜访了一遍。我和拉迪亚还想探索更远的地方,于是我们踏上了一段新的旅途。途中我们路过了辛加里拉,在我们几个人都非常喜欢的一座小寺院住了一晚,然后我们又经过了法拉特和一些不知名的地方。最终,我们到达了雄鹰栖息的地方。

那是干城章嘉峰和珠穆朗玛峰南面的一处陡峭的悬崖。这里的岩石没有被植被覆盖,最能克服恶劣环境的冷杉和矮松在悬崖的四周生长,将悬崖围住。一踏上那些花岗岩,我们就感觉到一股冷峻肃杀之气将我们包围。抵达一条深渊的边缘时我打开笼子放出了鸽妈妈和彩虹鸽,他们不畏惧这里的环境,因空气的清凉新鲜而高兴得像刚下课的孩子们一样。

鸽妈妈飞得格外欢畅,最终带着他的儿子飞到了云端。我猜她应该是意识到这里的天空分外高远,并想让她的儿子留下珍贵的体验。

我们三个人不能长出翅膀跟着这两只鸽子一起飞,因此我们只好根据自己所处的位置,想象他们飞到那样的高度会看见怎样的场景。他们首先看到的无疑是我们面前的干城章嘉的两座高峰。它们不如珠穆朗玛峰高,但是这些高峰无不纯洁而肃穆。我们注视着这两座高峰,仅仅坚持了几分钟,就感觉它们像是摆在上帝面前的镜子。我不禁自言自语道:"啊,你是圣洁的顶峰,你不可侵犯,亘古不变,任何人都不能玷污你,也不应玷污你的纯洁,哪怕是轻轻的触摸。愿你不被人征服呀,你这世界的脊梁,不可摧折的标尺。"

接下来,我不会再过多地叙述山峰的地理特点,而是要向你讲述我们仨以及彩虹鸽在这儿的一次历险。由于我们已经放飞了彩虹鸽和鸽妈妈,我们三个看了一会儿山峰后就开始寻找鹰巢。在附近的一座悬崖上我们看到了鹰巢,并摸了过去。成年的喜马拉雅鹰羽毛深棕泛金,颜色非常漂亮。他们既是天空的霸主,又是力与美的结合。不过,当我们在下午顺着南风来到鹰巢入口处的平台时,我们没有遇到成年鹰,只见到了两只像白色毛团子似的小鹰。他们和刚出生的小宝宝一样娇柔可爱,但神奇的是,他们并不会因为灌入洞穴的南风而感到不适。把巢筑在迎风的方向,这是喜马拉雅鹰的天性,他们天生就喜欢风。至于他们为什么这么喜欢风,谁也说不清楚,我们只能猜测这是因为风是他们驰骋天空的保证。

小鹰差不多有三个星期大。刚出生的鹰的绒羽如棉花般蓬松柔软,而现在的两只小鹰已经开始脱下棉花般的毛,长出日后划破长空时所需要的羽毛。而且,别看他们这么弱小,他们的喙已经变得坚硬锋利了,爪子也有了可以刺透皮毛的尖了。

我们现在落脚的地方是鹰巢的入口处,这里的空间很宽阔,从足有七英尺宽的降落平台向外望,我们能看到长在附近的低矮的松树。鸟的叫声与昆虫的叫声传入我们的耳朵,视力极好的刚德还指着一片长着各种野花的草丛告诉我们,那上面正有几只如同宝石般闪亮的虫子在飞舞。

朝洞内看，整个巢穴则变得越来越狭小阴暗，鹰爸爸和鹰妈妈在洞里塞了相当多的树枝，猎物被吃剩下的毛也夹杂在这些树枝中间。这些猎物被鹰爸爸和鹰妈妈囫囵地吞掉了大部分，剩下的一些肉则喂给了小鹰。由于小鹰的撕咬和消化能力不如他们的父母强，所以他们只吃掉了剩下的那些肉，最后剩下了羽毛。

我和拉迪亚正着迷于这个地方呢，刚德却突然让我们跟着他跑到灌木丛里藏着。我们知道刚德说的一定是对的，所以立刻以最快的速度跑了十二码。一分钟过后，我们的呼吸平缓下来，周围的昆虫、鸟儿不知怎的也停止了鸣叫——鹰巢附近的空气好像凝滞了。然后，我们听见有一阵呼啸声由远及近，等到一声凌厉的鸟叫声响起，我们才意识到刚才那呼啸声是巨鹰翅膀扇动空气时发出的风声。下一秒，那只巨鹰就落在了鹰巢入口处，她的爪子上抓着半只被剥掉皮的东西，我猜测那是一只肥硕的兔子。刚德悄声跟我们说，根据体形，他认定那是鹰妈妈。

鹰妈妈刚刚降落时张着翅膀，两只翅膀足有六英尺宽。看到小鹰们扑扇着翅膀，半飞半跳地来到她身边，她像沿折纸的折痕将纸叠起那样收起了翅膀，又隐藏了自己尖利的可能伤到小鹰的爪子。两只小鹰眷恋母亲的怀抱，所以他们没有直接扑向食物，而是钻进了鹰妈妈的翅膀里，让鹰妈妈为他们剔去兔子的骨头，撕下适合吞吃的嫩肉，然后才一边享受着温暖一边进食。这时，我们又听见了虫子和鸟的鸣叫声。

由于鹰妈妈此时已经去到洞的更深处，将洞穴的入口让了出来。我们便从灌木丛后蹑手蹑脚地钻出来，逃出了鹰巢。我们三个向家的方向走去，因为我特别喜欢鸟，所以我对刚德死缠烂打，最终让他答应以后再带我们来这里看长全羽毛的小鹰。

日子一天一天过去，我时常想起鹰巢与两只小鹰，并且提醒刚德不要忘记他的承诺。刚德最终履行承诺已经是一个月后的事了。"现在可以去了，唉，小鹰成长得哪有那么快啊。"他这样对我说。

再次去往鹰巢时我又带了彩虹鸽和鸽妈妈，喜马拉雅鹰栖息的地方是很好的放飞地点，鸽子们从那里出发，能够轻松地对附近的情况有一个总体的把握。我希望我的彩虹鸽能够飞过山川，飞过河流，知道每一座喇嘛庙的方位，我还希望他能早些认全生活在这一带的鸟类，比如，鹤、喜马拉雅苍鹭、鹦鹉、雁、雨燕、雀鹰等。这次在前往鹰的巢穴之前，我们先在离鹰巢大概有一百码的地方游览了一会儿风景：之前开得火红的杜鹃花已经收到了秋天的讯号，花瓣开始凋落了；野草的长茎失去水分，被风吹得彼此击打，发出簌簌的摩擦声；树的叶子也都已发黄飘落——是的，寂寥的季节要到来了。大约十一点，我放飞了我的鸽子，他们再次自信地飞向天空，变成蔚蓝色幕布上的两只小小的船帆。

鸽子们自由地飞行了半个小时，然后，他们的敌人出现了。但由于这里天地非常开阔，加上他们先前的经历又培养了足够的警惕性，因此在隼冲向他们的时候，他们不费吹灰之力就避开了。然而他们没有料到的是，盯上他们的是一对隼，在公隼发动攻击时，母隼一直在树那边静静等待。因此鸽子们朝树飞行，反倒迎上了母隼。

母隼发动了攻击，但她的第一击也落空了。这时赶来的公隼尖叫一声，和母隼说了什么，母隼便不再急于发动下一次攻击，而是停在原地，和公隼一起给鸽子们留出逃跑的空隙。鸽子们发现隼停止了攻击，以为安全了，就开始加速朝南飞行。

可是隼飞起来很快，鸽子光凭飞行还是很难逃脱的。使出计策之后，两只隼一只在东，一只在西，开始向鸽子发动夹击。从远处看去，隼的翅膀就好像四把正在挥动的无柄斧头。两只隼离鸽子们越来越近，越来越近，他们向中间聚拢的速度越来越快，越来越快，五、四、三……突然，鸽妈妈停下了。由于隼一个劲儿地往前冲，她被落在后面一点儿的位置，而彩虹鸽却依然高飞向前。隼们不知道怎么办了，继续向前飞，还是掉头去抓那只不再逃跑的鸽子？这样的思考很浪费时间，彩虹鸽趁着这段时间改变了路线，飞得又高又远。这时鸽妈妈想重复这个伎俩，彩虹鸽停下，而她开始加速飞行。可是飞出去一段距离后，她开始担心她的儿子会被追上——这是母亲的本能，但这无益于计策的实施——她朝捕猎者飞去，企图再次吸引他们，好让自己的儿子能逃得更远。可惜刚才隼们已经做好了决定要捕猎她，她的转向相当于迎向了死神的怀抱。

隼张开了尖喙，伸出了爪子。在公隼和母隼的夹攻下，被染上了鲜血的白色羽毛从高空中慢悠悠地飘了下来。母鸽的失误葬送了自己的生命。

目睹妈妈失去了生命，彩虹鸽吓坏了，他不再试图靠自己的力量逃离，而是迅速飞到了最近的悬崖上，希望有什么东西能够保护他不受隼的攻击。但是悬崖又不是喇嘛庙或者男爵的庭院，他的举动其实是十分危险的。好在那两只隼只顾着已经到手的猎物，并没有振翅追他。

我因为鸽妈妈的死而感到悲伤，但是我们必须抓紧时间找到彩虹鸽。悬崖的环境很险恶，我的朋友拉迪亚坚持要陪着我在悬崖上搜寻，刚德认为这样的经历对我们有益处，赞同我和拉迪亚的决定，所以最终我们三个还是一同行动了。

我们从所在的位置向下爬，进入了一个嶂谷。这个山谷地上尽是惨白的兽骨，但我们并不害怕这里可能存在的大型猛兽，因为我们的向导刚德不仅经验丰富，装备也是全孟加拉最精良的。山谷的裂口和岩石的缝隙让我们的攀爬变得很艰难，但是我们都咬着牙，尽全力行进。翻过那些湿漉漉又滑腻的青苔，我们看见了一簇簇的紫色兰花，闻到了树木所特有的香味。有时还会有一点红色突然跃入我们的眼帘——那是一朵独自盛开的杜鹃花。

  天气寒冷，前路漫漫，到下午两点时，我们暂时停下脚步，吃了一些寇拉豆（用水泡软的干豆子）补充能量。又爬了一阵儿，我们终于找到了彩虹鸽。巧合的是，他躲藏的地方不是别处，正是一个月前我们一行人所发现的鹰巢。这两只小鹰的羽翼果然已经长得很丰满了，他们趴卧在入口处的平台上，彩虹鸽则躲在距离平台处最远的一个角落里。

  我们试图把我那只抖得像筛糠一样的鸽子救回来，但是两只小鹰正隔在我们和彩虹鸽的中间。一看到陌生人进入鹰巢，两只小鹰就张着翅膀走过来用嘴啄我们。拉迪亚没有躲过他们的攻击，大拇指被撕下去一块皮肉，流了很多血。从正面不容易突破，我们只得好像第一次到鹰巢时那样，先转移到更高的悬崖上，再越过这两只小鹰，抵达彩虹鸽所在的那个角落。但我们走了没几步，刚德就又领着我们躲了起来。

  一阵熟悉的呼啸声，一只巨鹰从我们头顶的树丛飞过。他的尾羽划过树叶激起的唰啦唰啦声，让我感觉那羽毛似乎是扫在我的背上，一股触电感顺着脊椎蔓延到我的后脑勺。

  在我第二次亲身到访并仔细观察了鹰巢后，我必须更正一个观点：很多人认为，因为鹰本身孤傲所以他们会选择在陡峭的悬崖峭壁上建造巢穴，使其他动物都无法轻易接近他们。但是这个观点是错误的，鹰是站在喜马拉雅山食物链顶端的霸主，他们并不需要像弱小的动物那样精心选择巢穴的位置。他们更看重的是巢穴的空间。在洞穴开口的地方，一定要有一个足够开阔的平台，让他们能在降落到自己家的时候随意地张合翅膀。喜马拉雅鹰也从来不会像某些鸟儿那样筑起精致的巢,他们找到带壁架的好洞穴后,就往里面塞一些树枝、枯叶和草,仅仅保证住处基本的取暖效果和柔软度。

现在的母鹰还是习惯性地收起爪子,以免伤到小鹰们。看到孩子们跑出来,母鹰就意识到他们已经长大,羽毛已经丰满了,于是,母鹰又放出爪子,牢牢地抓着壁架,吸引小鹰们到外面来透风了。小鹰一开始还是躲在母鹰大大的翅膀下面,希望母鹰带着他们进食,但是这次母鹰空手而归。等了许久还没有得到预期的食物之后,两只小鹰就离开母亲身边,转而张开翅膀迎风站在洞口,等待父亲的归来。

刚德打了个手势,示意我们可以趁这个时机开始攀登。于是我们按照原来的计划向更高的悬崖爬去。用了一个小时,我们爬过鹰巢的顶端,绕过那几只鹰,接近了彩虹鸽所在的角落。路过鹰巢正上方时,一股烂肉的恶臭味钻进我的鼻孔,让我一阵反胃。看来鹰纵然威严凶猛,却不像鸽子有自己清理巢穴的良好习惯。

不一会儿,我们来到彩虹鸽附近,开始尝试将他装进笼子。他因为我们的到来而感到喜悦,却不肯进入笼子里。眼看天色越来越黑,我着急了。我拿出一些扁豆给他吃,然后在他进食的时候用手去抓他。结果彩虹鸽被我吓坏了,拍着翅膀往外面飞,更糟糕的是,他拍打翅膀的动静还惊动了母鹰。她转过身子向外看,喙微微开合,翅膀慢慢张开。这时候,外面的世界又安静了下来。

母鹰起飞了,我虽然深切地爱着彩虹鸽,但也不认为他能在母鹰的利爪下生还。结果巨鸟飞扑到彩虹鸽身上之后,却没有发动攻击,而是转了个弯,振翅回到了鹰巢。这是为什么呢?我又惊又喜,想要去追彩虹鸽,但刚才的遭遇对于神经已经极度脆弱的彩虹鸽来说实在太过恐怖,他颤颤巍巍地画了一道曲线,飞出了我们的视野。

我觉得我一定找不回我的鸽子了,可是刚德却肯定地说我们过两天就能找到他。我不知道我在这里苦等有什么益处,但我还是选择相信刚德。因为此时天色已经很晚了,我们找到了一片松树林,在那下面睡了一觉。

次日清晨,我和拉迪亚迷迷糊糊睁开眼睛,发现刚德早已醒来,并且神情中有几丝兴奋:"还好你们没有睡上一天一夜,否则你们就要错过小鹰学飞的日子了。鹰和鸽子不一样,他们的父母不会给他们上飞行课,而是直接将已经具有飞行能力的孩子抛下,永远离开。"

刚德说得很对,整个白天我们都没有看见小鹰的母亲。等到太阳再次西斜的时候,一直在壁架上翘首以待的小鹰们终于失望了,他们垂头丧气地缩回鹰巢,避免自己在夜晚冻僵。而我们则因为要躲避老虎和豹子而爬到了比较高的地方:老虎和豹子不是不会爬高,而是习惯了去绿草如茵的河岸捕杀肥美的羚羊和鹿。我们到了那个高度之后,能够见到的基本就只有鸟类、蛇、雪豹以及野猫了。

那个夜晚很冷,由于我们爬得太高,风没有遮拦地吹在我们身上。我实在睡不着觉,只好将垫在身下的毛毯裹在身上,竖起耳朵观察头顶的天空,聆听周围的声音。一片沉寂——就像鼓面绷到了最紧,虽然听不到声音，但是你却知道任何轻微的碰触都会让它爆发出最大的响声——哦，那轻轻地一触来了，一只野猫从树枝上跳到一堆枯叶里，制造出一阵噼里啪啦的响声。然后在沉静的夜里，那声音又很快地消失了，犹如一块石头掉入一个平静无波的巨湖，所制造的波纹很快变淡消失一般。接下来，我又看到了天空中的繁星是如何落下，山周围的迷雾是如何升起的。

最终，我听见鹰巢中开始有响声，那飒飒的响声就像长矛猛地抖动

所发出的声响。与此同时,天边开始出现晨光。

没错,新的一天即将来临,小鹰们从睡梦中苏醒了。那微薄的几缕晨光也唤醒了其他生物,一些鸟儿飞向天空,昏沉的光线让我无法认出他们的品种,但他们奇异的叫声却真真切切地传进我的耳朵里。紧接着,山谷里的牦牛开始发出低沉的吼叫,那声音好似雷电在山脉间翻滚。鹰巢外面的世界几分钟之内就变得生机勃勃,小鹰们的活动不能让他们进入沉寂,因为与母鹰相比,小鹰们毕竟还只是两个小不点儿。

最后,我看见一道白光像巨龙吐息一样喷吐出来,落在了干城章嘉山脉上。而后,一片巨大的乳白色光晕让马卡鲁峰也出现在我的眼前。岩石模糊的轮廓变得清晰,树木黯淡的颜色变得鲜艳,当所有的东西都被注入生气之后,太阳带着万钧的气势跳到空中,开始点燃因积雪而变成白色的地平线。

刚德和拉迪亚也醒了,看见眼前的壮丽景色,训练有素的祭司拉迪亚不禁开始用吠陀梵语赞颂太阳神沙维特力:

啊,东方的沉默之花,
踏上无人践踏的古道吧。
踏上洁净的神秘之路吧,
你要登上神的金宝座,
在他的沉默和慈悲之前,
做我们的拥护者。

拉迪亚的声音吓到了小鹰，但是他们还没生起气来，拉迪亚就结束祷告了。我们躲回到松树下面继续观察他们的行为。

两只小鹰站在洞口向远处眺望，试图找到妈妈的影子。然后，他们的目光慢慢地被天空中的鸟类吸引。鹦鹉、松鸦、向南飞行的大雁……他们意识到那些是曾经被列入他们食谱的动物。他们焦躁地等待着鹰妈妈——她为什么还不回来！

由于过分烦躁，两只小鹰之间开始了一场打斗，他们越打越激烈，最后突然停了下来。紧接着，我们看到一只鹰气鼓鼓地离开了鹰巢。他用爪子在悬崖上向上攀登，一直攀登。

通过体形大小，我们猜测离开鹰巢的那只小鹰是哥哥，而留在鹰巢的那只小鹰是妹妹。一直等到下午两点，鹰妹妹才决定去找出走的鹰哥哥。她对父母有着更强的信任感，先前的那几个小时她一直坚持迎风站在洞口等待他们归来。鹰哥哥此时到达了更高处的悬崖，正迎风而立。他一直蔫头耷脑的，因为和朝夕相处的妹妹分离而不开心，看到妹妹向上攀登后，他的那双眼睛就一下子亮了起来。

但是妹妹爬上去后，意外反倒发生了。因为鹰哥哥站立的那处悬崖只有很小的一块立足之处，鹰妹妹不小心撞到了鹰哥哥，让鹰哥哥掉了下去。下意识地，鹰哥哥张开翅膀，伸出爪子。展翅所带来的风让他腾起了一定的高度，他伸出爪子却没有够到岩石。于是他只好努力扇动翅膀，让自己真正地飞了起来。他试着移动尾巴，用它作为自己的方向盘，配合着翅膀拍打时而向上，时而向右，时而侧身。我们注意到昆虫和鸟儿的叫声再次停止了——他们发现这片天空已经诞生了新的帝王。

鹰哥哥一开始只是在低空盘旋，尾羽几乎扫在我们的脸上，飞得稍微熟练一点儿之后，他就越飞越高，变成了远空中的一个小黑点儿。高空飞行是身为一只鹰所必备的技能，他们的捕猎方式是在几百甚至几千英尺的高度搜寻目标，然后以迅雷般的速度飞下，用利爪贯穿猎物。如果只是在低空盘旋的话，那么猎物会早早地听见他们翅膀间的呼啸声，然后躲藏起来。

鹰妹妹看见哥哥越飞越远，心里感觉很孤单，就也展开翅膀，颤颤巍巍地向空中跃去。喜马拉雅山清冽的风将她托起，让她也浮在了高山峻岭与苍茫天空之间。她像哥哥那样，先是在低空盘旋，学习用尾羽来控制方向，然后她便越飞越高，消失在了同一片远空当中。

我们收回目光，开始收拾行囊。接下来的时间我们需要寻找失踪的彩虹鸽。也许他回到了丹坦，但在那之前我们需要再走访一遍之前去过的喇嘛庙和男爵的住所。之前训练时我们曾经将它们作为路标，彩虹鸽也有可能躲到了那些地方。

第五章
追踪彩虹鸽

我们走下山，进入植被稀疏的峡谷。这时我们突然发现峡谷底部原来是这样昏暗，即使太阳还高挂在空中，山峰所投映下来的影子也让这里如同傍晚。周身的寒冷让我们不敢停歇，只是一个劲儿地往前走，一直走到一千多英尺的高度，我们终于感到身体温暖了一点儿，但是不久后夜晚降临，气温又开始降低了。

为了过夜，我们找到一座喇嘛庙。那里的喇嘛不假思索地同意了我们的请求，为我们提供了空房间和晚饭。但是他们其他时间没有来和我们说话，因为晚上的大部分时间他们都用来打坐。

喇嘛们给我们提供的住处是山坡上的三间小石屋，石屋之间有栅栏，前面有一块草地。进到屋内我们发现这里的布置非常简陋，除了草垫什么都没有。但对我们来说这样一块干净、温暖的地方已经足够了。一躺在地上，我们就睡得像婴儿一样沉了。

第二天清晨，我被一阵杂乱的脚步声唤醒，我走出小屋，跟着那串

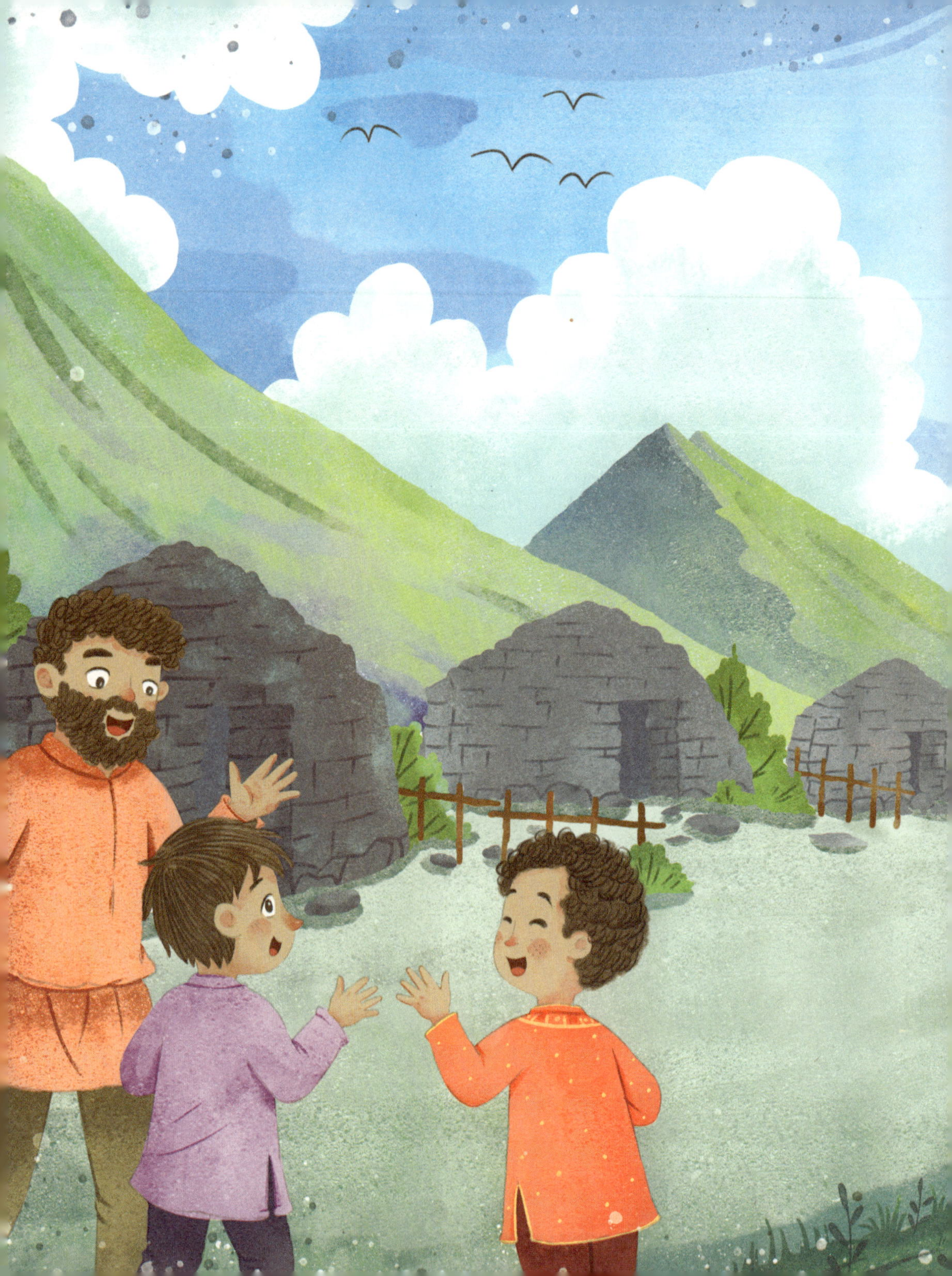

脚步声向前走，很快跟上了喇嘛们。最终我跟着他们来到了喇嘛庙中间的一个圣堂——实际上是悬垂的岩石下面的一个山洞。走到开阔的山洞入口前，我看到八位盘腿而坐的喇嘛。照明灯被放在他们的身前，光束照在他们的脸上和蓝色的袍子上，让他们显得友善而慈悲。

他们闭着眼睛坐了一会儿之后，方丈开始用印度斯坦语向我解释："我们在为所有沉睡中的人祈祷，几百年来，喇嘛们都会这样做。我们所选择的这个时间是人最容易熟睡的时刻，即使是得了失眠症的人，在这个时候也会被困意侵袭。由于人在睡眠时是无意识的，所以我们希望永恒的爱能在这个时刻给予他们洗礼，让他们早上在醒来时具有无邪、温暖、勇敢的心，开始新的一天。你愿意与我们一起祈祷吗？"

我高兴地答应了。随后我和他们坐在一起，开始为整个世界的人祈祷。这件事给我留下了深刻的印象，直到现在，我早上起床时也时常想起那群祈祷的喇嘛，并由衷感谢他们在深夜为我与其他人所作出的贡献。

祈祷的时间并不难挨，相反，我感觉时

间过得格外快。天亮的时候，我看清了山洞周围的环境，发现不远处竟是险峻的悬崖。银铃的叮当声在我耳边响起——这是喇嘛们庆祝胜利的仪式。他们手中的银铃颜色不同，样式小巧，声音柔和，太阳吹响了激昂的号角：黑暗被打败了，充满活力的生命苏醒了！

回到小石屋后我看见了刚德和拉迪亚，他们正在吃早饭。这个时候，为我们拿来早饭的喇嘛突然说话了："昨天你的鸽子来这里避难来着。"紧接着，为了让我信服，他细致地描述了一遍彩虹鸽的样子，连彩虹鸽鼻头的样子都讲得清清楚楚。

看着喇嘛那张扁平的脸，我们三个人都惊讶地张大了嘴巴。刚德摸摸下巴："你是怎么看出我们的来意的？"

喇嘛的语气波澜不惊："我知道你们心中在想什么。"

拉迪亚立刻好奇地问道："这是怎么做到的？"

喇嘛的表情依旧平和："这是神灵所赐予的能力，如果你每天能花四个小时为全天下所有的生灵祈祷，你也会被赐予这样的能力。我有时候就是能看透人们内心的想法，尤其是那些来到喇嘛庙的人……我们当时给你的鸽子喂了食，还让他不再受内心的惊恐折磨。"

"治好了他内心的惊恐，真是不可思议！"我惊叫道。

喇嘛点点头，语气肯定地说："对，他被吓坏了。我将他捧在手心，摸着他的脑袋告诉他危险已经过去。昨天早上，我看到他彻底恢复正常的状态，就把他放飞了。放心，他不会有事的。"

"长老，你愿意说说你认定他不会有危险的理由吗？"刚德问道。

"哦，这位举世无双的猎人，我当然愿意，"只要有礼貌，喇嘛总是很愿意解答我们的问题，"你应该知道恐惧是如何影响人和动物的。我们这些生灵失去生命，十有八九是因为被敌人吓破了胆。自信的兔子能够从猎狗，甚至狐狸的口中逃脱。惶恐的人会失去智慧和力量，自己断送自己的生命。"

"但长老，你是如何治好鸽子内心的惊恐的？他又听不懂人的话。"拉迪亚说。

喇嘛这样回答他："如果一个人内心平静，那么他自身就会远离恐惧，趋于纯净，睡眠永远不受噩梦的侵扰。如果他长期保持这个状态，那么他所接触的东西也会受到他的感染。因为我用我的手安抚了你的鸽子，你的鸽子的恐惧就被我赶走了——我在思想中、行为中、梦境中已经有二十年没有感觉到恐惧了，我让你们的鸽子获得平静之后，他应当不会再因恐惧而惹上祸患了。"

喇嘛说话时始终保持着平静和淡然，在说到自己没有恐惧时没有扬扬自得的神情，告诉我们鸽子很安全时也没有为了增强说服力而加重语气。我感觉他是一个非常可靠的人，既然他说彩虹鸽平安无事，我也就不再提心吊胆了。

为了早日见到彩虹鸽，我们很快告别了喇嘛，向南出发。你要是询问我对那些喇嘛的看法，那么我会告诉你，我相信他们的话，也认同他们的理念。如果你能在清晨诚心诚意地为某个人祈祷的话，那么那个人早上再次醒来的时候，内心一定会更加无邪、温暖和勇敢。

我们从丹坦到鹰巢走的是上坡路，所以返回丹坦时我们一直在走下坡路。我们的心情因为喇嘛的话而变得轻快，身体因为气候越来越温暖而变得自在。在看到那些熟悉的风景时，我们感到十分安心。这些更炎热的地方还没有迎来秋天，因此尽管我们刚才所到的山上，树叶已经从绿色变成了深红色、樱桃色、金黄色和紫铜色，山下的樱桃树上却还挂着一串串的樱桃。这里不生长杜鹃花，生长的是和手掌一般大小的兰花和白曼陀罗。紫色和深红色的兰花的花粉顺着风飞到爬满树干的苔藓上，又被风吹走。由于太阳高照时气温比较热，所以白曼陀罗时常在这蒸腾的热量中渗出一颗颗露珠。高山上所能生长的最多是矮松，这里的树却高得让人感到心中惧怕，连竹子都长得像一座座尖塔，几乎要把天空捅出窟窿。再后来，路变得难走了。地面上长着很多和蟒蛇一样粗的匍匐植物，经常绊到我们的脚。肆意繁殖的昆虫同样是一种阻碍：虽然在花朵间来回穿梭的蝴蝶翅膀像上好的天鹅绒布，躲避鸟类捕食的嗡嗡叫的苍蝇像一颗颗散落的绿宝石，但是与此相伴的是蚊虫的叮咬，这实在是一种折磨。除此之外，始终萦绕在耳边的蝉鸣也让我们感到烦躁。感到痛苦难忍的时候，我会将注意力放在飞过林间的那些绿鹦鹉身上，他们颜色靓丽，又不像枝头的松鸦那样聒噪，是一道漂亮的风景线。

在这样的环境下前行，有刚德这样的人在身边就显得格外重要。如果没有他，我们早就被路上的毒蛇咬死，或是被发怒的水牛撞死了。他那双敏锐的眼睛总能在杂乱的颜色中发现蛇的花纹，让我们及时给这些长着毒牙的家伙让路。他那两只耳朵总能从各种各样的声音中听到异常，他会趴在地上用耳朵贴着地面,然后信誓旦旦地得出结论:"前面有一群水牛经过,我们在这里等一会儿,让他们先走。"我和拉迪亚尝试着像他那样做,但什么都听不到。可是几分钟之后,我们不用把耳朵贴住地面,就能听见尖利的牛蹄声了,那声音让人感觉有一把大镰刀在不断地朝我们脚底下的土地砍、砍、砍——每一下都满是不祥之兆。但是这种插曲也仅仅是让我们停下脚步,用半小时吃了个午饭。等到牛群过去之后,我们就又像什么都没发生那样向前走。最后,我们终于来到了锡金的边界,那儿的山谷正值收获季节,远远望过去,我们看到的不仅有成熟的红小米、绿橙子,还有金黄金黄的香蕉。在小山坡上,金盏花和紫罗兰轻轻地闪烁着温柔的光。

就在这时,我们遇到了能够使我们终生难忘的奇景。我们原本正顶着热辣的阳光,平平淡淡地走在商队所走的狭窄小路上。因为实在太热,我们感觉半空中有水汽的地方出现了彩虹,地面上的各种植被的颜色开始扭曲晃动。我们就这样走着,猛地,好似被触发了某个引信似的,一大群鸟忽然炸开,噼里啪啦地从路边飞到了树林中,他们的翅膀挥舞时就像五彩的火焰。通过颜色,我们认出那是一群喜马拉雅野雉。缓了缓心神,我们接着向前,结果几分钟之后,相似的事情又发生了。但是这次突然飞起的鸟没有漂亮的彩羽,浑身土黄。我好奇地问刚德他们为什么会聚集在这里,又为什么会成群地飞走。

刚德回答说:"不知忧愁的孩子呀,你没看见走这条路的商队装的货物是一袋袋的小米吗?其中的一个袋子破了个洞,在他们补好那个破洞之前，几把小米撒在了地面上。发现这里有食物，这些鸟就飞来了，聚在这里进食。我们出现在商队的路上，让他们以为自己受到袭击，自然就飞走了。"

"但是，最富有智慧的刚德呀，你还有另一个问题需要解答，"我继续追问，"刚才我们惊起的两群鸟一群是雄的，一群是雌的，为什么雄雉的羽毛那么靓丽，而雌雉的羽毛却那么普通呢？难道这是造物主对雄性的偏爱吗？"

刚德没有被这个问题难倒，他首先重复了我们的问题，将我们脑袋里的疑惑完全地勾勒出来："大自然本来应该给所有的鸟躲避天敌的保护色，但是我们不明白那些野雉为什么羽毛那么鲜艳，即使是看不见的人也能轻松地发现野雉，不费吹灰之力地把他们杀死。"

拉迪亚大吃一惊："盲人也能看得见野雉？"

刚德无奈地继续解释道："嗨，你这小子岁数不大，脑子倒是转得挺快的。刚才那只是夸张的手法，盲人当然看不见野雉了。野雉会长出这么鲜艳的羽毛是因为他们一般住在树上，除非地面非常热，否则他们不敢飞下来。在印度这片土地上，等到地面很热的时候，泥土之上两英寸的空气就像火一样热，所有的颜色都会随着热浪而不停地'跳动'。在这种'跳动'下，野雉羽毛的颜色反倒很适合隐蔽。想想刚才，我们不就完全没意识到他们的存在，而在他们突然飞起来时被结结实实地吓了一跳吗？"

"你说得对。"拉迪亚继续诚心诚意地问，"那雌雉的颜色为什么和雄雉不一样？她们又为什么没有和雄雉一起飞起来，而是晚几分钟才飞呢？"

刚德不假思索地回答说："敌人来袭时雌雉和雄雉的行动是在为了种群的生存服务。虽然雄雉的头脑里没有英雄主义的概念，但是他们会第一时间飞起来，起到吸引敌人的作用。而和泥土颜色相近的雌雉呢，则在这个时候张开翅膀，保护孩子。她们只需要让自己的身子完全盖住孩子，你便无法区分出雌雉、幼鸟和旁边的泥土了。等到带猎枪的人或者捕猎的野兽杀死了一两只雄雉，找寻尸体并准备离开或进食时，雌雉就趁这个时机带着孩子们逃亡。即使她们的孩子已经成年，离开了她们的怀抱，或者她们还没有孕育宝宝，只是独自一个，遇到敌人时匍匐在地也都是她们的本能。刚才发生的就是这样的情况，我们走近之后雄雉飞走了，雌雉都趴在原地。过了一会儿，雌雉意识到自己现在并没有育雏，于是就为了保护自己的性命而逃跑了。但老实说，她们不擅长飞行。"

傍晚到来，我们抵达了锡金某个贵族的家，我和他的儿子是朋友，所以他们很开心地招待了我们。这时我们又发现了彩虹鸽的踪迹：之前我们训练彩虹鸽时曾让彩虹鸽来过这里很多次，因此他对这里非常熟悉，离开喇嘛庙后曾经到这里歇脚。他这次来到贵族家时吃了一顿便饭，喝了一些清水，然后迅速地洗了一个澡。洗澡之后他细致地梳理了一遍自己的羽毛，其中两根羽毛从他的身上脱落，被我的朋友当作纪念品保存下来。我看到这两根海蓝色羽毛简直乐开了花，这证明彩虹鸽真的摆脱了恐惧，在以自信心为支撑朝家飞行。当天晚上，彻底放心的我睡了一个好觉。除此之外，刚德的一句话也让我不得不尽可能放松自己的身体："明天上路之后我们不会再找地方落脚，而是直接在丛林里过夜。"

森林不比悬崖，我们无法靠一两个小时的攀爬找到一个合适的过夜地点。这片土地随处都充满了危机，只有最高大的菩提树才是唯一的安全之处。能让我们过夜的这棵树不能太矮，因为如果太矮，猛兽会轻松地跳到树上来。这棵树也不能太细长，如果不够粗，那么过路的大象随便动动身子就能撞倒它。幸运的是，在海拔较低的地方，我们花费一些精力之后还是找到了一棵又粗壮又高大的菩提树。我们眼前这棵大树不知道活了多少年，树桩粗得三个人都无法合抱。只有这样的树木才能让我们获得足够的安全感，只要我们爬得够高，就不用担心猛兽们的骚扰了。

　　爬菩提树不是一件轻松的事，为了节省时间，我们搭起了人梯：刚德用肩膀托着拉迪亚，拉迪亚用肩膀托着我。我们三个人的身高加起来，才让我勉强爬到了长得最矮的那根树枝上面。我在树枝上坐定之后，就将随身携带的绳梯放下去，让为我垫脚的两个好伙伴能顺着绳梯上来。拉迪亚先爬上来，和我坐到了同一根树枝上，然后刚德也爬了上来，坐到了我们两个中间。他动作不慌不忙的，但我们却看到刚德刚才所在的地方不仅有煤矿一样的黑色，还有两盏莹莹的绿灯。我们都知道那是什么。

　　刚德打了个呼哨，心情似乎非常愉悦："嘿，就差一点儿。我要再慢两分钟，有个长斑纹的家伙就会把我拦腰咬断了。"

　　与刚德的愉悦心情相反，树底下老虎的心情简直差到了极点。他的喉咙里发出轰隆轰隆的吼叫，虽然我们听不明白，但是我们都知道那一定是最恶毒的诅咒。当然，老虎也不会在这次失败的捕猎上浪费太多时间，盘旋一会儿后，他就走开了。他的吼叫声越来越远，最后好像和树根一同钻进了地里。

　　老虎离开之后，刚德收起坚韧又柔软的绳梯，把它在自己的腰上打了一个结，然后他又将绳子在我和拉迪亚的腰上也打了一个结，最后把余下的绳子一圈一圈地缠绕在了树干上。做完这一系列的准备之后，我们一个一个地从树干上跳下去，检验绳子单次是否能承受一个人的重量。这是为了避免我们这几个人在睡着的时候，从树上滑下来，掉到地上。

· 049 ·

毕竟人在进入睡梦的时候会彻底地放松，在树枝上很容易失去平衡。当一切都准备就绪之后，刚德伸出了手臂，让我们在睡意来袭的时候能够枕在上面。不过我们入睡没有那么快，接下来的时间里，我们又对树下的世界进行了很多观察。这里声音出现的规律与鹰巢那里相似，老虎离开之后，昆虫们就唱起了快乐的歌，但是在一些危险的身影从高高的树梢上无声地落下的时候，这些欢唱的歌就会一次又一次地被暂停。那些身影是花豹或者黑豹，我们的白天对他们来说是黑夜，我们的黑夜对他们来说则是白天，睡足了觉之后，他们即将趁着夜色捕猎。

　　青蛙的叫声是呱呱呱，昆虫的叫声是嗡嗡嗡，猫头鹰的叫声是咕咕咕……各种生灵的叫声组成了丛林的夜曲，这些曲调毫无遮拦地进入我们的耳朵，就像白天阳光能够毫无遮拦地进入我们的眼睛一样。我们还听到野猪路过的声音，野猪是不知道什么叫作轻手轻脚的，他们走到哪里，折断的声音就出现在哪里。然后，声音不知为何又停止了，因为不知道是什么缘故，我们紧张地屏住了呼吸。这使我们的耳朵捕捉到了来自丛林地面的声音，草丛和灌木缓慢地升起，又随着叹息般的声音缓慢地回落。那种声音非常柔和，但又暗藏阴险之意，好似浪花一次次卷起、落下，看似唯美，却随时可能吞没岸上的生物。终于，他保持着那种速度，缓慢地经过了我们所在的那棵大菩提树。啊，原来是一条巨大的蟒蛇正爬在去水坑喝水的路上。虽然被吓得很想大声喊出来，但我还是控制着自己保持安静。我们这样体形的猎物是在蟒蛇的食谱之内的，只要呼吸稍微沉重一些，我们三个的位置就可能会被大蟒发现。

· 050 ·

又过了几分钟，我们听到了什么东西断裂的声音。这声音和野猪制造出来的噪声不同，微弱得像人打响指一样。哦，接下来的鹿鸣让我们分辨出来这是一头公鹿。他的角估计是被藤蔓缠住了，他小心翼翼地想要甩开藤蔓，然后到水坑喝水。他这样做时周围的动物不知道将发生什么，仍然欢快地唱着，但我们却知道公鹿即将遭受什么厄运。

像我们预期的那样，公鹿挣脱藤蔓，向水坑走去之后，丛林的气氛再次紧张得像被拉满的弓弦。十几种各有特点的响声变成了三种：昆虫的鸣叫、公鹿被蟒蛇绞杀时所发出的凄厉的号叫，以及我们头顶飕飕刮过的风声。随即，号叫声变得微弱，公鹿死去，蟒蛇准备开始进食。然而一波未平一波又起，我们接下来又听见了大象的声音。

这群大象大概有五十头，他们在夜色下尽情地玩耍。小象到处奔跑踩碎树枝，雄象的呼噜声很低沉，雌象呼唤孩子的声音又长又尖。我实在是有些困，所以他们玩耍的细节我已记不太清了。我枕着刚德的胳膊，意识开始变得模糊。半梦半醒之间，我感觉我看到了彩虹鸽，并神奇地学会了鸽语。在睡梦中，我一边和彩虹鸽对话一边感到迷惑，结果就在这个时候，有人把我叫醒了。

我睁开眼，看见了一脸严肃的刚德："快醒醒，我可撑不住你了。我们有麻烦了，还记得刚才有群大象吗？一头疯狂的大象被他们落在后面，现在正要走近我们这棵树。野象既恨人又怕人，他被落在后面，现在正一肚子火。这里不够高，如果他把鼻子伸过头顶，很容易就会发现我们。一头发疯的大象是很恐怖的，他很可能整天整夜地守在这里，只为了把

我们置于死地。小伙子，原谅我叫醒你，在敌人攻击之前，你不能懈怠，警惕是你最锋利的剑。"

我坐在树顶上提心吊胆地向下望。此时我不禁想起在锡金那位朋友家里所度过的一夜，躺在床上是多么安全和舒适啊！

后来我们看到的情况和刚德所

说的没有任何出入。借着黎明的微光，我们看见了一个和小山一样高的黑影。他离我们的树不是很远，且每经过一棵树，就用鼻子从上面卷下一些还没有失去水分的树枝，放到嘴里咀嚼。差不多半小时之后，他快要吃饱了，就开始以一种特别的方式做游戏。他先是把前蹄搭在一棵粗壮的大树树干上，然后将身体完全展开，伸长脖子，让自己能够触碰到大树枝最远端的多汁细枝。我相信这头大象这么做绝对不是为了填饱肚子，而是为了打发时间和消耗精力。

在第一棵树上做的游戏让大象感到非常快乐，他吃完那棵树上的细枝之后，就一棵树一棵树地往我们这边走过来。这期间他庞大的身体还压垮过一棵比较细的树，发现那棵树斜斜地倒下去，并且像弓那样变弯，他就调皮地用鼻子卷着树的远端，将前蹄完全压下去——咔嚓，树被他弄成了两截。他这种暴力举动吓坏了居住在树上的鸟和猴子，鸟随着他的动作一群一群地惊恐飞起，猴子则在树与树之间跳来跳去，发出愤怒且惊恐的啸叫。但大象不在乎他们在想什么，自己快乐地吃着那棵树的嫩枝。

最后，那棵树的嫩枝基本被吃光了，大象踩着新树桩，再次延展身子，将鼻子伸到了我们这棵树的树枝上。我们没有乱动，但大象刚把鼻子靠近我们这里，就触电似的缩了回去，然后气急败坏地叫了一声。人让所有动物害怕，刚刚吃完早饭的大象突然闻到人的气味，想必心情被破坏得一塌糊涂。

为了确认，大象一边嘟嘟囔囔，一边把鼻子再次伸了过来。就当大象的鼻子快要碰到刚德脸的时候，刚德冲着大象的鼻子打了一个响亮的喷嚏，大象瞬间受了惊——他以为这棵树上藏的不是几个人，而是能威胁他的一群人。大象尖声惊叫着后退几步，然后扭头逃跑了。他放开四蹄，用最快的速度奔跑，挡在他所跑的那条直线上的所有东西都被他直接撞断踩碎，更多的动物被他惊动，开始惶恐地四下逃窜。许多翅膀像绿色船帆的鹦鹉从树林中飞起来，原本只是在树之间腾挪的猴子机灵地向远方跃去，野猪和鹿也开始奔跑，前者的身躯不断撞碎低矮的灌木，后者的犄角不断刮扯藤蔓和树枝。丛林的混乱以大象为中心，迅速地向四周蔓延，我们安静地坐在树上，等待事态平息。

　　喧嚣声渐弱后我们跳下树，继续往家的方向走。晚些时候，我们非常走运地碰到了一支顺路的商队，骑着他们的马回到了家。虽然我们三个人蓬头垢面，精疲力竭，但是看到趴在丹坦家中的鸽巢里的彩虹鸽，我们感觉身上的疲劳一下子减去了大半。哎呀，多么令人开心的一件事呀！

　　那天晚上，我带着满心的欢喜躺在床上，闭上了眼睛。那位喇嘛波澜不惊而又充满自信的声音在我的耳边响起。

　　他说："你的鸽子平安无事。"

· 第六章 ·
彩虹鸽出走

我们回家后看见彩虹鸽在巢里趴着，可是第二天清早，他就又消失了。难道我们昨天看到的是幻象吗？不，我们曾经真真切切地抚摸他的羽毛。我们三个像热锅上的蚂蚁一样在附近走来走去，想要在家附近等到他。但是四天后我们实在是失去了耐心，决定再次出门寻找他的下落。

这一次我和刚德一起行动，我们骑着租来的两匹马，匆匆地赶到了锡金。每看见一个村庄，我们都会停下脚步，问当地人有没有见过彩虹鸽，以确保我们的行动路线的准确。结果证明，我们之前带彩虹鸽熟悉的路线极大地影响了彩虹鸽的行动计划，我们沿着那条线所问的人基本都见过这样一只鸽子，有些人甚至能非常准确地描述出他羽毛鲜亮、有一圈五彩颈羽的特征。一个猎人曾经在喇嘛庙的屋檐下见过他，说他和雨燕关系不错，将巢筑在了雨燕的巢旁边。一位喇嘛说他在他们的寺院附近见过彩虹鸽。那座寺庙在锡金，紧挨着一条河，河岸上栖息着很多野鸭。第二天下午，我们又到了一个村庄。那里的村民告诉我说，他们见到彩虹鸽和一群雨燕一起飞行。

这些好心人所提供的富有价值的消息指引我们一路来到了锡金最高的高原，我们到那里时已经是离开家的第三天，那天晚上我们没有找到借宿的地方，只能在野外露宿。两匹小马累了三天了，不停地打瞌睡，我和刚德也睡意很浓。但是只睡了一小时，一种紧张的气氛就将我们从睡梦中惊醒。这时我们发现那两匹小马也醒了，他们此刻宛如两座木质的雕塑，连尾巴都一动不动。借着篝火的光和朦胧的月色，我看见两匹小马的四只耳朵正高高地竖起来，紧张地聆听着周围的声音。不必再说，现在充斥在我们周围的夜晚并不是静止的，静止意味着一切都已停滞，没有任何事会发生，而这种让我们无法安睡的宁静是富含深意的。这就像一位神灵披着月光走到我们身边一样，他的脚步是无声的，但我们之间的距离已经非常近，近到我一伸手就能碰触到他的衣袍。

在这个时候，我看到两匹小马动了动耳朵。尽管我听不到什么声音，但我知道，小马灵敏的听觉一定是捕捉到了某种声音的回响。刚才我说神明似乎来到了我们身边，那么此刻，这位神似乎已静静离开了。气氛从紧张到缓和的变化带给我们一种难以言说的感觉，在那种状态下，我甚至有一瞬间感受到了草木最细微的战栗。然后，马儿的耳朵微微转动，朝向北方——他们在听一种新的声音，原本他们的身体是为了奔跑而生，但现在他们保持静止，用所有的力量去倾听。我尽力地像他们那样去做，最后，我也听到那种声音了。它是什么样子的呢？就像小孩子睡觉的时候打哈欠一样。尽管它消失得很快，但它就像黑夜里的一盏孤灯那样清晰。又过了一会儿，一阵和拉长的叹息相似的声音划过夜空，声音所在的高度变得越来越低，好似一片肥厚的绿叶从枝头落下，缓慢地落入平静无波的湖面。紧接着，又有一阵声音在地平线处响起，这次的声音听起来像是一个人正在对着天边喃喃地祈祷。又过了一分钟，两匹小马把耳朵耷拉了下来。他们不再紧张了。

　　随着小马摆动起尾巴，我的心也变得轻松起来。现在一切水落石出了：原来是有几千只大雁正在飞行。他们从很远的地方起飞，一直飞到我们头顶上空大概四千英尺高的地方。我们虽然感觉到有什么事即将发生，但在这方面的敏感程度远不如小马。我们还在呼呼大睡的时候，他们就竖着耳朵聆听那些动静了。

　　大雁起飞意味着太阳就要升上天空了，我此时没什么睡意，索性坐起来看高原上的风景。漫天星辰一颗颗落下去，小马咀嚼青草的声音萦绕在我的耳旁。为了让他们更舒服些，我替他们松了松缰绳。到了白天，他们就可以大胆地离开篝火，而不用担心猛兽的袭击了。

　　接下来的十分钟我愿意称其为热带的黎明，这个时刻，锡金的高原上极度寂静。过度的静总是会带给人和动物紧张的情绪，小马也不例外。他们再次竖起耳朵，聆听起周围的声音。他们想要听到什么声音呢？这次我不必被好奇心折磨了，黎明的光让我看得到树上的情景。在一棵树的细枝上，一只小鸟在上下跳动，另一边，在一根更大的树枝上面，还有一只鸟的身影在晃动。他们中的一只开始歌唱——哦，那原来是一只善于唱歌的歌雀！歌雀的小喉咙播放出了今天的第一首乐曲。当他开始

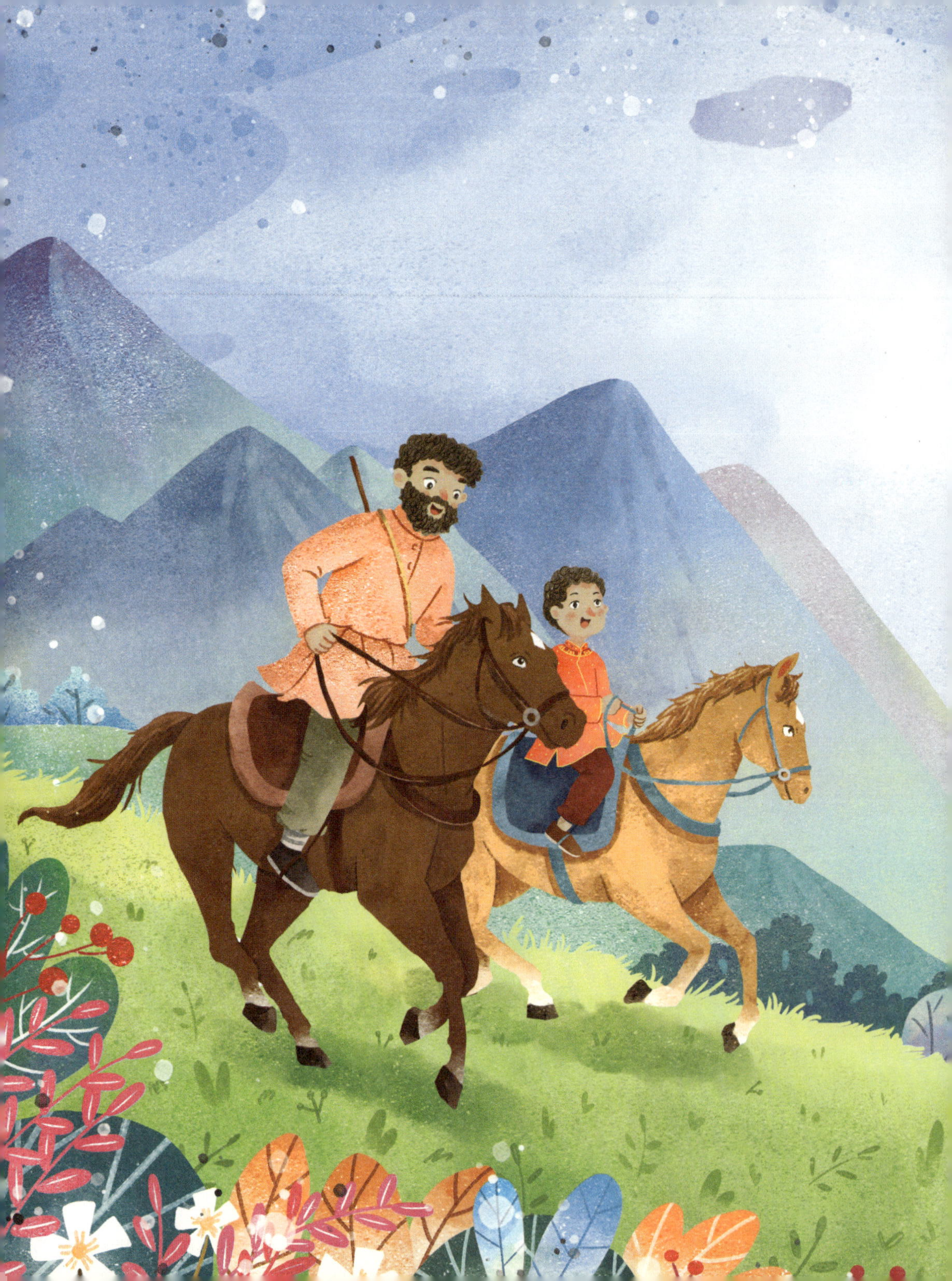

鸣唱后，整个世界都伸着懒腰醒来了。最先回应歌雀的是他的同类，他们聚在一起奏响了属于他们种族的乐章。后面响起来的声音我就分不清了，因为它们实在是太多，太庞杂了。这就是热带的特点，只这么一小会儿，黎明就已过去，吵吵闹闹、五彩斑斓的白天正式开始。

刚德听见群鸟歌唱后站起身，开始做晨间祷告。结束祷告之后，我们一同上路，一直走到喇嘛所说的彩虹鸽与雨燕一同出现的那座寺庙，并且惊奇地发现这正是之前彩虹鸽接受祝福的地方。那群喇嘛热情地提供了有关彩虹鸽的信息，他们说寺庙的屋檐下的确住着一群雨燕，昨天下午，彩虹鸽和那群穿黑衣的小家伙一起向南飞走了。

喇嘛总是会无私地给予我们祝福，我们带着他们的善意，离开温馨快乐的"客栈"，再次出发寻找彩虹鸽。我们策马前进时回头再次向我们来时经过的群山望去，群山因植被披上秋装而变得像一座座点燃的火炬。那些金黄色、紫色、绿色以及樱桃色的光印在我的脑海里，让我久久难以忘怀。

· 第七章 ·
彩虹鸽的故事

上一章我对彩虹鸽出走一事叙述得很简略,这是因为我接下来想用彩虹鸽的视角讲述他的经历,让你能连续地听完那些精彩的故事。其中我必然会加上大量的想象,但这是以我们所发现的彩虹鸽的踪迹为基础的。在外出的十天内,刚德每一天都在发现各种各样的线索。

十月的一个中午,我们在大吉岭坐上回家的火车,彩虹鸽趴在笼子里,开始为我们讲述他是如何从丹坦出走到新格里拉,最后又飞回来的。

"会多种语言的主人啊,通晓人类语言和动物语言的巫师啊,让我为你们讲述我的故事吧,让我这只可怜的鸟儿为你磕磕巴巴、颠三倒四地讲一讲我这段时间的经历吧。由于河水发源于山脉之间,我就从山里开始讲起吧。

"我所说的山是鹰巢附近的那些山,在那里我看到我的母亲被凶恶的隼撕成了碎片,当时我所看到的景象和我所听到的声音都深深地烙印在我的心头。我难过至极,再也不想活了,但是我不想丧命于杀死我母亲的那些阴险鸟儿的爪下，如果一定要死，那么倒不如成为空中之王喜马拉雅巨鹰的一顿美餐。所以母亲遇难后，我并没有向那两只隼飞去，而是飞到了在途中我所见过的一个鹰巢那里。站在壁架上，我看到鹰巢中有两只小鹰，他们已经长出了尖锐的喙和爪子，却因为沉浸在悲痛当中不愿意吃掉我。他们的父亲已经被猎人猎杀了，食物全靠母亲外出捕猎获得。因为我之前失去了父亲，刚刚又失去了母亲，形单影只的样子实在可怜，所以他们对我有几分同情，同时我猜测他们当时也没有捕猎活物的能力，他们的妈妈给他们喂食的时候都是把猎物杀死，并且剥好皮的。当然，至于之后我惶恐地飞走时他们的母亲为什么不伤害我，我就不清楚了。

"然后你们就来到鹰巢找我了。你们打算抓住我，把我放在笼子里。我感激你们给我食物吃，但是我当时实在没有心情配合人类，所以就飞走了。你们第一次来鹰巢时沿途带我认的那些路标帮助了我，我知道如何找到你们的朋友，在那里获得帮助。在我向南飞向丹坦那两天——我一共只飞了两天——我曾经受到一只刚学会飞的小隼的攻击，并成功地击败了他。事情是这样的：那天早上，我像往常那样向南飞行。突然，我听到我的头顶有尖锐的风声，我很清楚这代表了什么，所以我猛地停止了飞行，让朝我飞来的隼扑了个空。我看见他像根椰头一样栽了下去，翅膀狠狠地擦到了树枝。紧接着我振翅向高处飞，飞得尽可能快，但是他紧追不舍。于是我铆足劲继续向高处飞。飞呀，飞呀，我越飞越高，越飞越高，直到我飞到一个从未到过的高度，空气已经稀薄得让我呼吸困难。

"我无法再向上飞,只好下降。但是我刚一这样做,隼就凶恶地飞向我,誓要结束我的生命。幸运的是,我在情急之下使出了我父亲的本领——翻筋斗。这是我第一次尝试那样做,但是我成功地做到了,而且漂亮地翻了两次。那一刻我想起了我父亲在空中的漂亮身姿。

"我的翻滚让隼感到迷惑,趁这个时机,我猛然升高,让隼扑了一个空。他稳住身形后继续向我冲来,但是此时的我心中毫无畏惧,自信地迎着他飞了过去。就在我即将与他相撞的时候,他先下沉又上升,企图从上面抓住我,然而我在这个时候又使出了翻筋斗的本领,躲过了他的攻击,并且狠狠地撞了他一下,让他在空中打起了转,然后向下坠去。我以为这全是我攻击的结果,但是紧接着,我就感到我也在被什么力量往下拽。那种感觉很恐怖,就像是有什么东西要把你吸到地球深处似的。我的翅膀失去了力量,和隼一起坠落,但我决心一定要给隼点颜色看看,于是我把全身重量都压向隼,让他的头受到了重击。我相信他受了这一击之后意识已经不清晰了,因为他原先还在努力控制平衡,现在却不受控制地摔在了下面的树林里。而我则走运地落在了一棵冬青的树枝上。

"后来我知道了,那天将我吸下去的是一股气流。在那次遭遇之后,我又遇到了很多次气流,但是我不明白为什么在一些树和溪流的上面,空气会变得比其他地方冷,我也不明白为什么冷空气会形成一股涡流,让飞行的鸟儿失控坠落。但那一天之后,我就意识到我必须提高自己对身体和外界空气的控制能力,让自己能跟着气流一边旋转,一边飞行。

尽管涡流会给鸟儿带来不可控的感觉，让很多鸟儿都对其产生厌恶之情，但是我却不讨厌涡流，因为它第一次和我相遇时救了我一命，给我留下了不错的印象。

"站在树上，我感觉我的肚子正在咕咕叫。这让我十分想念能为我提供食物的家，于是我再次振翅向南方飞去。这段路上我没有再遇到其他隼，所以我飞得像箭一样快。

"与那只刚长全羽毛的隼的战斗让我浑身充满勇气，渴望开启新的冒险。因此当我在家填饱了肚子，又看到了你时，我就在心中这样说：他已经看到安然无事的我，不会再为我牵肠挂肚了，如果我真的有勇气的话，就应该再次飞到无边无涯、充满危险与新事物的天空中去，用行动证明我的能力。

"出于这样的想法，我第二天早上离开家，开始了一场真正的冒险。这次我一直向北往鹰巢的方位飞，途中路过了喇嘛庙。我对那里的一位为我驱走恐惧的圣人心怀感激，因此再次拜访了他，他看到我非常高兴。在那里，我还见到了我的旧识雨燕夫妇。告别了他们之后我继续向北，一直飞到了鹰巢。但是当我到达那里的时候，却发现我认识的那一家鹰都已经飞走了。我在空巢里住了几天，没什么动物来烦我，但是环境实在是让我有些不满。你到那里看过的，鹰巢不像鸽巢那么干净，晚上我不得不在树上过夜，以避免被不知名的虫子叮咬，连睡觉都不得安宁。

"在鹰巢进进出出给我带来了意想不到的收获，那些鹰已经在这个巢穴住了很久，当地的那些鸟儿习惯性地将鹰巢当作权力的象征。我大摇

大摆地进入鹰巢，再毫发无损地出来。那些鸟好像将我当作了一种鹰。只要一看到我，那些鸟就离我远远的，即使是我的天敌隼也是如此。这让我越发有自信了。有一天清早我看见一队大鸟以整齐的队形飞往南方，我想也不想，就觉得自己有资格加入他们的队伍。看到我飞过去，他们也的确没有什么意见，他们和我说他们是大雁，正飞向锡兰①以及更远的地方，寻找被温暖的阳光照射着的海洋。

"我和大雁一起飞行了两小时，由于太阳已经升上天

---

① 锡兰，斯里兰卡的旧称，印度洋岛国。

空，我们周围的空气变得越来越暖，那些大雁选择降落在一条流速很急的山间小溪上。他们并不是像鹰或者隼那样，靠向下张望搜寻到小溪的。他们飞起来只望着地平线，看到天边出现的并不是山的黑色，而是一道有点儿发白的蓝色时，他们就知道那是一条小溪。这些大雁降落的比较缓慢，所以并没有明显向下冲的趋势。远远看去，会产生一种他们并没有向下飞，而是地面向上升，主动向他们迎来的错觉。最后，所有的大雁都降落在了水里。我不会游泳，所以我只是落在树枝上看他们要干什么。此时的溪流因为反射着阳光而颜色发银，几乎看不出蓝色来。

"通过观察，我终于知道了大雁的嘴为什么这么扁平难看：原来他们要把嘴当作钳子，用它来夹住生长在河岸边的贝壳和植物。如果要我用尖尖的鸽子嘴来完成这件事，好像还真的做不成呢！大雁用嘴把植物或者贝壳夹起来之后，就会用力地把食物扭成适合吞咽的形状，那个动作就像是屠夫在扭断鸡鸭的脖子。然后，他就会把食物整个儿吞下去，因为他们能用喉咙把食物压扁夹碎，所以你起先还能模模糊糊地看到食物的形状，等到食物通过长长的喉咙，你就什么都看不见了，因为那玩意儿已经

在到达胃之前变成小小的一团了。

"我还看过更糟糕的进食场景。一只大雁在河岸的小洞里发现了一条躲藏起来的鱼——那条鱼瘦得像水蛇一样——于是他开始把嘴巴伸到洞里,把那条鱼往外拽。鱼被他叼住了,于是原本就又瘦又长的身体因外力变得更瘦更长。接下来,一场可怕的拉锯战开始了。大雁用力地往外拽,鱼用力往洞里缩。但鱼怎么对抗得了大雁的力量呢,到最后,鱼还是被猛地拽了出来,被扔在了河岸上。变形的鱼还想挣扎着跳进水里,但是大雁一跃而上,并用硬邦邦的嘴压碎了猎物身体的一部分。到此为止,那条可怜的鱼彻底失去了生机。

"然后,大雁便开始准备享用他的猎物——半条鱼与一摊肉酱,可是当他一摇一摆地伸长脖颈的时候,又有一只大雁迈着难看的步子赶来。(顺便一提,我觉得大雁只在飞行和游泳的时候身形优美,他们一上岸就变成了最丑陋的鸟。他们漂浮在水池当中的时候,简直美好的像梦境一般,可是一走上岸,他们就变成了一群拄着拐杖的瘸子。)赶过来的那只大雁看上了这只大雁的食物,因为谁都不想放弃这顿美餐,所以他们开始打架。他们不仅用嘴啄对方的羽毛,还拍打翅膀让自己微微腾空,用长着蹼的脚去踢对方。他们打作一团,竟忘了这场打斗的目的。在他们打得起劲儿的时候,一只长得像猫一样的东西,或许是一只水獭,从潜伏的芦苇丛里一跃而起,将那条死鱼叼走了。大雁们停下来打算一致应敌,可哪里还有水獭的踪影!这时候,两只大雁宣布停战,但已经来不及了,嗨呀,他们的头脑不比鹅强多少,和他们比起来,我们鸽子就好像是智慧的代名词。

"这两只大雁不再打架之后,领头雁发出号令:'咯,呱,呱,呱!'这几声叫声之后,大雁们基本都开始用力划水,利用水为自己提供动力,等到冲力积蓄到一定程度了,他们就振动翅膀——啊,他们轻松地飞到了空中。他们现在的姿态是多么好看呀,他们的翅膀柔软宽大,其中夹带的风的飒飒声也分外柔和,他们的脖子和身体的曲线协调优美,组合在一起变成了一个楔形。我想这将会是令我终生难忘的画面。

"但是,成群飞行的鸟中难免有鸟会掉队。这群雁中也有一只雁被落下了。同伴起飞的时候他在忙着和一条鱼争斗。一番努力之后,他终于把鱼叼在嘴里,飞到树上准备吃鱼。此时他专注于美食,还没有意识到他已经被同伴落下了。

"这时,一只特别大的隼发现了大雁以及肥美的鱼,于是他呼啸着飞来,对大雁发动攻击。大雁不愿意放弃,带着鱼向高空飞去,可是隼不肯善罢甘休,一直追撵着大雁。他们一路打着旋儿飞上高空,留下了一路的雁鸣声和尖啸声。就在这个时候,这只落单的雁听见了一阵微弱又明晰的嘎嘎声——领头雁正在呼唤他归队呢。这叫声让掉队者分了神,他下意识地答应了一声,可是这就意味着他张开了嘴,鱼从他的嘴里掉了出来。这让隼开心坏了,他尖叫着俯冲过去,准备用他的利爪刺穿滑溜溜的鱼。结果这个时候,空中忽然出现了一波接一波的轰鸣声——喔,原来是一只鹰冲隼飞了过来。隼见到空中之主哪里还顾得上鱼,头也不回地逃走了,而他的狼狈让我感到由衷的高兴。

"鹰的两只翅膀就像两张巨大的帆,伸出爪子的速度就像闪电,他飞下来只是为了抓住那条鱼,他用爪子将那条鱼刺穿,就悠然自得地飞走了。鹰其实并没有理睬那只隼,但是隼还在一个劲儿地向远方逃命!

"看到他逃得远远的,我特别高兴,因为我需要在附近寻找商队所走的路,在那里可以啄食马车上掉落的谷物种子。我没花多久就找到了一些可口的食物,吃完之后便在树上睡着了。再次醒来的时候,时间大概是下午三点了,我感到精力充沛,于是开始继续飞行,打算去那座神圣的喇嘛庙再次拜会我的雨燕朋友。去往喇嘛庙的路上我没有遇到什么麻烦。我的朋友,现在的我已经不是当初那只冒冒失失的小鸽子,而是一只学会了如何谨慎地飞行的崭新的鸟儿。我学着大雁们那样飞得很高,让自己不受树木和山脉的阻挡,能够清楚地看到远方的地平线。大雁的长脖子让他们在飞行的时候能够灵活地回头查看附近的情况,虽然我没有那样的本事,但是我比他们飞得更加小心,每过几分钟我就会四下张望一次,确定天空中没有什么正在逼近我的东西。

"我到达那座喇嘛庙的时间还不算太晚,那群慈悲的圣人正站在岩洞的边缘,准备在太阳落山的时候为世界祈求幸福。雨燕夫妇的巢穴建在了喇嘛庙的房檐下,他们在那里养育了三个小宝宝,我飞到巢穴边,看见小宝宝们刚刚吃饱肚子,进入梦乡。雨燕夫妇和喇嘛们接待我还是那样热情,结束了祈祷仪式之后,喇嘛们就为我准备好了食物。那个曾经给予我祝福的老圣人再次把我捧到手心里,用那句他们常说的话,就是类似'大慈大悲'那样的话,为我赐福。我其实并不能很好地理解他所说的话，但是当我拍打着翅膀从他的手里飞走的时候，我感觉我内心存在的那一点儿恐惧彻底烟消云散了。在那种无所畏惧的状态下，我飞进了自己的窝。哦，忘记说了，我将窝搭在了雨燕一家的旁边。

"十月的夜晚很寒冷，然而小雨燕们活力四射，喇嘛们凌晨敲第一下钟的时候，他们就睁开眼睛在窝附近飞来飞去，锻炼自己长时间飞行的能力。我、雨燕先生以及雨燕夫人则不得不跟他们一起飞行，来让自己的身体暖和起来。那天，从清晨到傍晚，我一直和他们待在一起，从他们那里我听到一个令我目瞪口呆的消息：他们向南飞居然打算飞到锡兰甚至非洲。真的好远！我还从他们那儿知道了雨燕是怎么筑巢的，如果不是我特别好奇，他们甚至都不愿意讲述那些细节，因为他们筑窝的过程实在是太复杂了。"

· 第八章 ·
彩虹鸽的冒险历程（续）

"雨燕筑巢的特点是由他们的身体特点决定的，为了便于你的理解，让我先介绍一下他们身体的优缺点。首先，他有一张又宽又大的嘴巴——这里的宽和大是相对他小巧玲珑的身体而言的——这张嘴就像一张网，让他在高速飞行时能够捕捉到昆虫。嘿，只要雨燕能飞起来，我还没见过哪只小虫子能从他的嘴里逃脱呢。

"但是正如我所说的，雨燕的身体很小，所以他无法举起太重的东西。他能够叼起来并且送到巢的只有比中号针还要细的稻草和最小的树枝。

"我第一次见到雨燕时还注意到了他那畸形的双腿，在见到其他雨燕前，我几乎以为他是一只残疾的鸟。你仔细看过雨燕的双腿是什么样的吗？小小的，蜷缩在一起，非常僵硬，像两只短短的鱼钩一样。雨燕们也知道自己的双腿很差劲，这种结构让他们无法像其他鸟那样蹦蹦跳跳，或者自由地漫步在平地上。不过，明智的雨燕们也不会逼迫自己效仿其

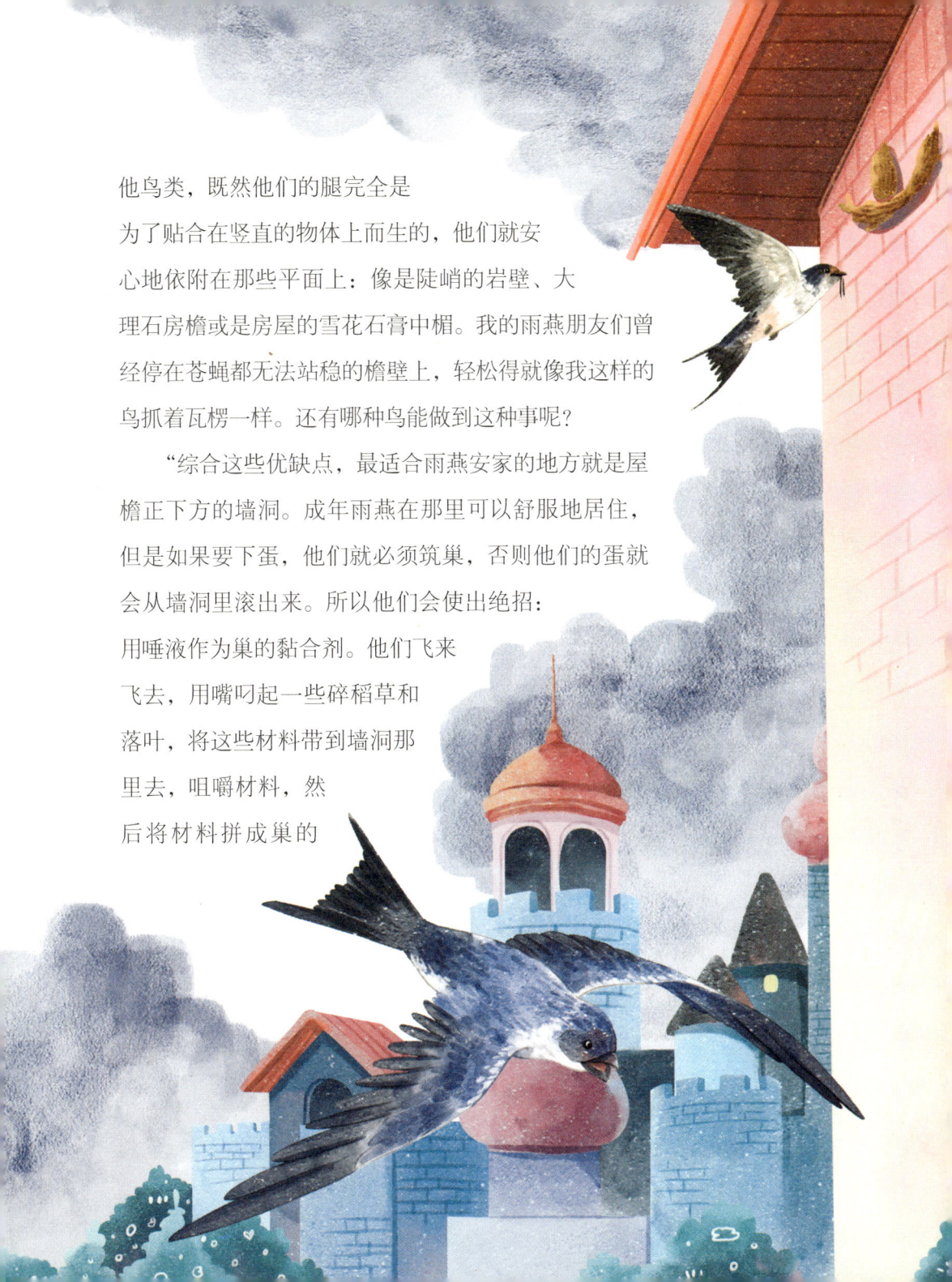

他鸟类,既然他们的腿完全是为了贴合在竖直的物体上而生的,他们就安心地依附在那些平面上:像是陡峭的岩壁、大理石房檐或是房屋的雪花石膏中楣。我的雨燕朋友们曾经停在苍蝇都无法站稳的檐壁上,轻松得就像我这样的鸟抓着瓦楞一样。还有哪种鸟能做到这种事呢?

"综合这些优缺点,最适合雨燕安家的地方就是屋檐正下方的墙洞。成年雨燕在那里可以舒服地居住,但是如果要下蛋,他们就必须筑巢,否则他们的蛋就会从墙洞里滚出来。所以他们会使出绝招:用唾液作为巢的黏合剂。他们飞来飞去,用嘴叼起一些碎稻草和落叶,将这些材料带到墙洞那里去,咀嚼材料,然后将材料拼成巢的形状。他的唾液变干后就像木匠工具箱里最贵的黏硅胶一样，会变得特别坚硬，把那些材料紧紧地粘在一起。等把巢彻底筑好了，雨燕太太就会在巢里产下白色的蛋。

"在孵蛋中我又发现了鸽子和雨燕的不同：对鸽子来说，母鸽跟公鸽拥有相对等的权利和义务；但在雨燕的种群中却不是这样，雨燕太太的自由完全被那几颗蛋限制住了，她一天到晚都要孵蛋，雨燕先生只负责偶尔给太太送些食物。而且他一天的大部分时间都在找其他公雨燕玩，因为那些公雨燕的太太们也忙着孵蛋！我和我的雨燕朋友说过这件事，劝他应该学一学我们鸽子，给太太一些休息和玩耍的时间，但他似乎认为我是在和他开玩笑。

"最后我们做足了南飞的准备，在一个风和日丽的秋日清晨，我和五只雨燕在雨燕先生的领航下出发了。他领航的路线很有特点，几乎没有长距离的直线，而是不停地向东或向西画之字。但是总体上来说他没有偏航，还是在带领我们朝南方飞行。雨燕飞行的时候从不为了吃饭发愁，因为他们很容易就能在水面附近找到苍蝇以及其他小虫子。他们以每小时五十英里的速度飞行——他们的体形那么小，飞起来的速度却那么快——这种速度只适合开阔的水面，而不适合茂密的树林。尽管树林里蚊虫很多，但是雨燕想要搜寻猎物就必须把注意力放在下面，这个时候他们就难以注意到前后左右的障碍物，很容易在树枝上面撞断翅膀。他们喜欢开阔清澈的河面或者湖面。在这里他们可以尽情舒展镰刀般的长翅膀，让它的锋芒划破空气，将死亡带向那些昆虫。雨燕的速度比鹰飞扑猎物还要快,捕捉的猎物却是那么小,想象一下吧,这需要眼睛和嘴巴具有多高的精确度!他们在水面上翻飞,水面映衬出那些自由的身影,不消多时,他们所经过的地方就变成了一片洁净的空间:没有蠓虫,也没有嗡嗡叫的苍蝇,刚才在阳光下四处乱飞的他们通通进了雨燕们的肚子。

"就这样,我们飞快地越过小溪、水池和湖泊的上空,雨燕们像之前我说的那样匆匆地吃了一些食物,而且还匆匆地喝了一些水。他们喝水的方式也很特别:在他们低低地掠过水面时,他们的身体与水面接触,会飞溅起一串串的水珠,然后他们就会张开嘴,把这些水珠吞下去。这依旧是他们对自己惊人的速度和精确度的灵活运用。这就更好地解释了他们为什么不喜欢在大树枝、落叶松和小树苗间穿行,那里可没有水面能让他们顺利地喝水。

"但是在开阔地带飞行也有缺点,雨燕能轻松地捕捉到食物,意味着他们的天敌也能轻松地发现他们。如果雨燕专注于捕食昆虫,那么雀鹰就很可能趁这个时候悄悄地飞到雨燕的上面,从上往下发动袭击。这时雨燕就很难逃脱了,由于下面是水面,雨燕不能下沉,一旦沉进水里,就会淹死。

"我如此清楚这种事是因为我的朋友遭遇过这种厄运。我得给你好好讲讲那场袭击。有一天下午,雨燕们飞到了一片清澈的湖面上,一边飞行一边进食,我承诺帮助雨燕夫妇照看小雨燕,就慢悠悠地围着他们飞行,谨慎地关注着周围的情况。这时一只雀鹰从高空飞扑下来,想要捕杀小雨燕。我承诺我要保护小雨燕的安全，怎么可能容忍这种事发生？我丝毫不顾自己的安危，也从高空扑了下去，一翻筋斗，用身体阻挡了雀鹰。这让雀鹰吓了一跳，他可能从未想过鸽子家族的成员会有胆量做出这种事。他仗着自己的利爪想要打败我，但是他低估了我的实力：他不过是一只小雀鹰，论重量，我至少比他重五盎司。缠斗当中他用爪子拽下了我的几根尾羽，这让他扬扬自得，在空中耀武扬威地盘旋了一阵。可是几根羽毛又算什么呢？在他自鸣得意的时候，小雨燕们全都飞到树那边，紧紧地贴住树皮，让雀鹰无法透过树枝抓他们。小雀鹰意识到这一点后变得非常愤怒，连向我攻击的气势都变得像大雀鹰那样凌厉了，但是他吓唬不了我，我知道他体重比我小，爪子也小，根本击穿不了我的羽毛。看到我丝毫没有逃跑的意思，甚至翻了个筋斗，小雀鹰恼羞成怒地向上冲过来，于是我快速下沉，看到他跟着我下沉，我便转而向上高飞。他一开始还追得像之前那样紧，但是他的速度很快就慢了下来。这是因为他还是只小鸟，害怕高空。我两个翅膀拼命向上扇动，他却只扇动一个翅膀，显得犹疑而又失落。看到他这副模样，我知道是时候给他上一课了。

"我是一只想到什么就立即去做的鸽子，一想好计划，我就开始执行！我猛地扭转方向，再次向下猛冲。雀鹰看到我不再向上飞后兴奋极了，立刻追了上来。我们的速度非常快，所以从我的视角来看湖水在飞快地向我们迎来。他在不停地升高，升高，升高！到湖面看上去和我的翅膀一样宽的时候，我向前蹿了几英寸，凭借着一股暖流向上飞行。正如你所知，在山区的洼地和山谷里，比较暖的空气有涌向比较冷的地方的趋势。如果鸟类需要急速向上飞行，就需要寻找这些上升的气流，否则我们是无法只靠自己的力量迅速改变方向的。这个时候，我乘着气流连续翻了三个筋斗，成功地由向下猛冲改为向上疾飞，而雀鹰则没有做到这一点。我在半空中低头向下看，看见没能找到上升暖气流的雀鹰已经一头扎进了水里。在水里挣扎了好一会儿，这只浑身湿透的小雀鹰才吃力地抵达岸边，并且钻到了像地毯一样厚的落叶下面。我猜想他这是因为觉得自己太丢脸了。而就在雀鹰把自己藏起来的时候，雨燕从藏身之处飞了出来。

"我和雨燕继续向南飞行，第二天，我们和一些野鸭相遇。他们的脖颈和我很像，都是五彩斑斓的，但是我们身上其他部位羽毛的颜色却不相同，我的是蓝色，而他们是纯净的白色。这些鸭子是河鸭，平常生活在山间小溪里，习惯于顺流而下捕捉鱼类。如果他们游出去太远了，就会从水里飞起来，再次返回出发地。我们路过他们的栖息地时，每时每刻都能看到他们像梭子似的来回穿梭。他们的喙和大雁差不多，都是扁扁的，同时他们的喙里面还有凹痕。这凹痕可以防止他们捉住鱼后，鱼又从嘴里滑脱。我观察到，他们没怎么吃过溪水中的贝壳类生物。他们不去捉贝，可能纯粹是因为小溪里的鱼太多了。

"雨燕和野鸭待在一起时其实不怎么愉快，因为野鸭扇动翅膀时会不断扰动空气，让飞行在水面附近的小昆虫改变路线。但是雨燕也没有特别讨厌野鸭，因为雨燕一般在平静的水面上捕食，而鸭子们则偏爱山间叮叮咚咚流淌的小溪间捕食。他们不会产生很大的冲突。

"让我们知道这一带有猫头鹰一类的黑夜杀手出没的正是这些鸭子。当晚，我们尽可能躲到猫头鹰钻不进去的地方。雨燕们很容易就能在小树上找到适合他们藏身的洞，我找了一圈后决定留在开阔地带，试试我的运气到底如何。可是当夜幕降临，我的眼睛失去了所有功能的时候，我就后悔了。夜幕变得更黑暗，世界仿佛在将一层又一层的黑布盖在万物身上。我向鸽子一族的神灵祈祷，希望能顺利入睡，但是谁能伴着猫头鹰呜呜的枭叫声入眠呢？整整一夜我都提着心、吊着胆，每隔一小时左右我就会听见有鸟儿在痛苦地惨叫，猫头鹰的叫声变得更加得意。受害者有时是一只八哥，有时是一只印度夜莺，他们在猫头鹰的虐待下惨叫，然后很快失去生命。虽然我闭着眼，但是我的耳朵能清楚地听见我周围发生了什么事——一只又一只乌鸦尖叫起来……几乎整群乌鸦都惊叫着起飞，然后撞在树上，撞得粉身碎骨，这可能比被猫头鹰的嘴和爪子撕扯成碎片要好。然而过了一会儿，我鼻子传来的信息又让我不知所措了：空气中居然有黄鼠狼的气味，微微恢复一些思考能力之后我意识到，死亡正在向我逼近，而且现在离我只有几英尺的距离了。睁开眼睛，我看到了以苍白的光照射着一切的月亮，也看清了离我只有大概六英尺远的黄鼠狼。为了不被黄鼠狼杀死，我飞了起来——尽管这意味着猫头鹰会发现我的存在，但我还是飞了起来。

"果然，我一起飞，一只猫头鹰就尖声鸣叫着朝我飞了过来，然后又是两只。我能听见他们拍打翅膀的声音，根据我所听到的声音的性质，

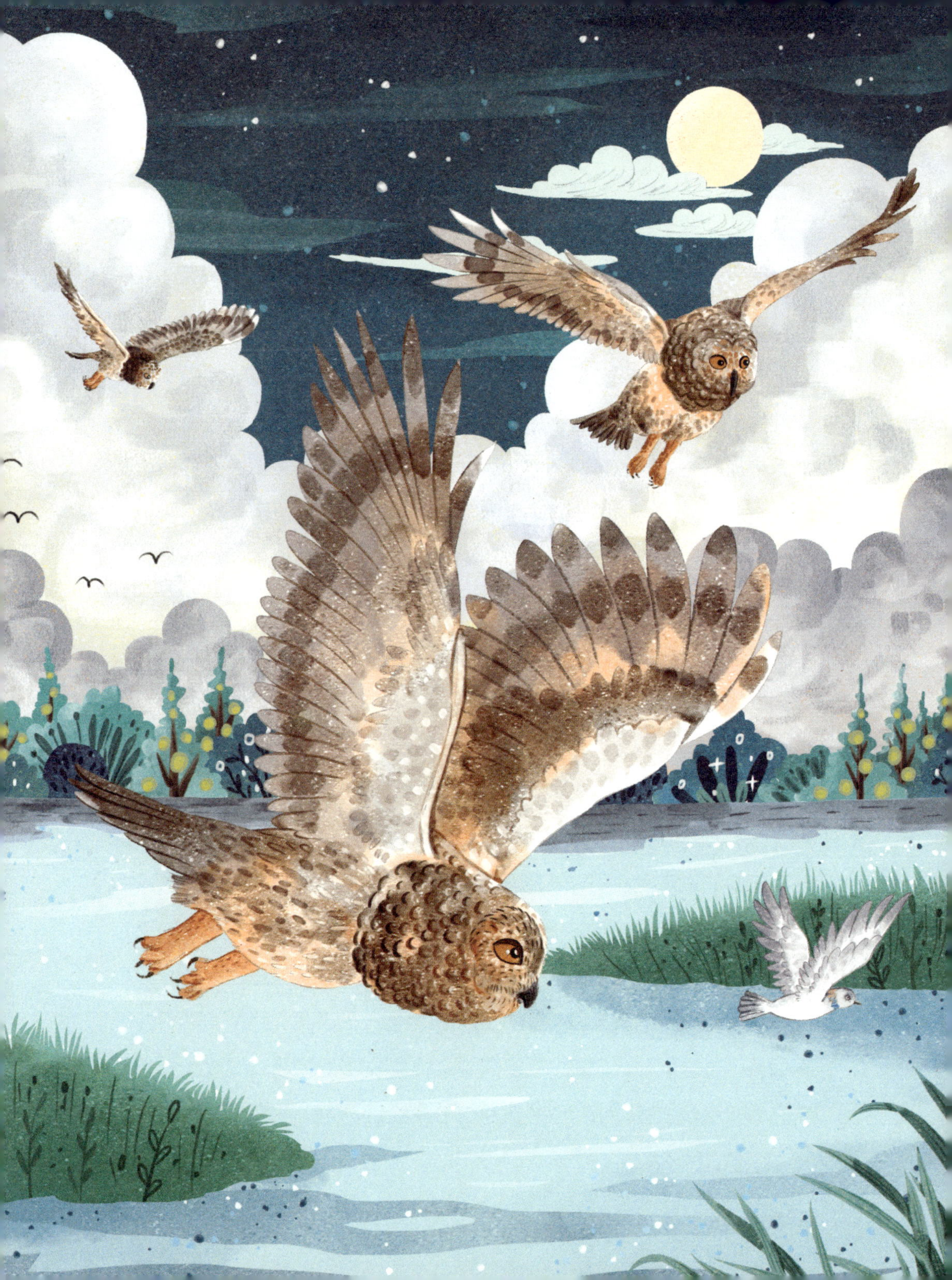

我知道我们此时此刻正飞行在水面上。这听上去难以置信,但产生于水面上的声音其实很好分辨,即使是羽毛发生了很细小的颤动,水面也会将这些声音反射回来,让我们听到回响。我向前飞行,但经常改变方向,因为黑夜中我只能看清六英尺以内的事物。逃窜的同时,我也在等待一股上升气流,如果我能借着气流从水面附近突然飞到树枝上,猫头鹰应该就追不上我了。但是,哎呀,那些猫头鹰追过来了。他们扑在我的身上,我翻了个筋斗,暂时逃过一劫。虽然没有甩脱猫头鹰的追捕,但我趁这个机会飞到了更高的地方。那里的月光更亮,看清更多东西后我信心倍增。

"我的敌人不懂何为慈悲,他们紧跟着向上飞行的我,想把我拆吃入腹。但是他们的眼睛是为了黑暗而生的,让我获得自信的光线反而迷惑了他们的视野。他们再次向我扑来,却弄错了方向,反倒撞在了一起。他们的爪子抓着爪子,翅膀拍打着翅膀,一时间无法分开。最后他们一边像恶魔一样枭叫着,一边坠进了河岸的芦苇荡里。

"逃脱危险后我环视四周,发现照亮我的不是月光而是黎明的日光。惊恐让我的眼睛无法看清任何东西,但我弄明白了一点:我的周围已经没有猫头鹰了。越来越强的太阳光让猫头鹰惶恐,纷纷找有阴影的地方藏身。我清楚他们的习性,所以尽管看不到猫头鹰,我也不会往有大片阴影的地方飞,以免躲藏在里面的猫头鹰再次攻击我。我站在树顶的一根树枝上,这里最为明亮。树顶迎上了太阳射出的光芒,变成了一把簌簌摇动的金伞,然后阳光便从树顶向下蔓延开去,延伸到最底下的树枝、树干，乃至灌木与草丛。最后，那条白色的溪流也开始变成和黄鼠狼的眼睛相同的颜色，滚滚流动着。

"就在这个时候，我看到了令我震惊的一幕。在河岸上，有两只比炭块还要黑的乌鸦正在虐待一只被缠在芦苇丛中的猫头鹰。因为现在日光已经非常强烈，所以猫头鹰睁不开眼睛，只能不断地眨着眼，而大乌鸦则毫不留情地对他又戳又啄。这让猫头鹰显得绝望又无助。当然，我知道这只是乌鸦的复仇，夜晚，猫头鹰捕猎乌鸦，逼得他们乱撞乱飞，到了白天，就该乌鸦惩罚猫头鹰了。但是无论是谁伤害谁，那场面都是无比血腥的。我受不了这样的景象，就从视野很好的树顶飞走，找我的雨燕朋友们去了。我和他们讲述了夜晚我所听到、看到的东西，雨燕先生和雨燕夫人告诉我，他们躲藏在小树洞里时也听到了凄惨尖厉的叫声，并惶恐得难以入睡。雨燕先生微微颤抖着问我现在外面安不安全，我给了他肯定的答复。我领着雨燕一家从藏身之处飞出来，这时我再次看向河岸，发现芦苇丛中的那只猫头鹰已经成了一具尸体。

"说来也巧，那天早晨正好是野鸭们向南飞行的日子，当我们来到溪流上面的时候，已经连一片鸭子的羽毛都看不到了。我们觉得不能被他们落下，所以也立即启程开始向南飞。不过我们并没有想要追上他们，也不打算和他们结伴迁徙，在这个群鸟迁徙的季节，成群结队非常容易惹上猫头鹰、隼和鹰的跟踪，不管是鸽群，还是野鸭群、松鸡群，其结果都是一样的。为了不再遭遇昨天那样的恐怖事件，我们首先飞向东方。向东飞了一整天后，我们抵达了锡金的村庄，并在人类的屋檐下休息。

第二天，我们向南方飞了半天，又再次向东飞。这种迂回的飞行浪费了很多时间，但是也让我们省去了很多麻烦。我们在飞行过程中曾经遇上一场暴风雨，被猛烈的大风吹到了一个不认识的湖面上。我与雨燕们在那个湖区休息时，有了一个惊异的发现：湖上有些家养的鸭子很擅长捕鱼，却只是叼着鱼，不往肚子里吞。我连忙叫我的雨燕朋友们看看这是怎么一回事，当贴着老树树皮的雨燕看到这般情景，他们也惊讶极了：这些家养的鸭子要把这些鱼留给谁吃呢？他们不饿吗？

"又过了一会儿，我们知道这些鱼的去向了。一条船进入我们的视野，两个扁平脸部、黄色皮肤的人撑着船。看见人和船靠近后，鸭子们立刻划动脚蹼，来到船边，并拍打着翅膀跳上去。然后——我还是难以相信这些鸭子能够抵抗鱼的诱惑——他们将自己嘴里叼着的鱼吐到了一只大竹篓里，然后他们就又钻进水里捉鱼，捉到鱼之后，再次跳到船上把鱼吐进竹篓。就这样一遍又一遍，他们为这些藏缅渔夫捉了整整两小时的鱼，而渔夫们却什么都没做。最后我知道了渔夫们的伎俩：他们在这些家养的鸭子脖子上拴了一根绳子，让他们能够正常捉鱼，却不能顺利地吞咽下去。因此，鸭子即使抓住了鱼，也得乖乖地把鱼送给他们的主人。从某种程度上说这些鸭子也是明智的，他们深知能为他们解开绳子的只有渔夫，唯有他们将鱼篓装满了，就像现在这样，主人们才会解开鸭脖子上的绳子，让他们到湖里尽情吃一顿全鱼宴。

"休息够了，我们再次开始飞行，寻找适合我们进餐的地方：刚收割完的庄稼地。庄稼地附近有很多昆虫，雨燕们在那里飞来飞去，很快就吃得非常满足。我对虫子不感兴趣，庄稼地里被遗落的谷粒，让我可以尽情地啄食。吃饱后我站在庄稼地旁边的篱笆上，欣赏着田野美景。这时我听见有敲打东西的声音，这声音有点儿像苍头燕雀吃樱桃籽时发出的。一只小小鸟的嘴可以和胡桃钳比拟，能够把樱桃连着籽整个啄碎，这难道不神奇吗？然而等我飞下篱笆，寻找发出响声的位置，却发现那并不是一只苍头燕雀，而是一只喜马拉雅山画眉。他没有在啄樱桃籽，而是在啄蜗牛的壳。蜗牛一开始还是像往常一样缓慢地爬行，但在喜马拉雅山画眉的不断敲击下，蜗牛被震晕了，停在了原地。此时，画眉抬起头，看了一圈周围，确认没有敌人和窥伺他猎物的对手之后，便踮起小脚张开翅膀，积蓄力量猛地啄了三下——嗒嗒嗒！蜗牛壳啪的一下裂开，露出了里面美味的软肉。画眉用他尖尖的嘴把蜗牛肉从壳里叼出来，我可以看到他嘴角带着一些血迹：他刚才把嘴张得太大了，弄伤了自己的嘴角。叼稳蜗牛之后，画眉飞起来，钻进了树冠里。他的伙伴正站在树上等待他呢，这只蜗牛够他们饱餐一顿了。

"经过锡金的稻田之后我们享受了一段没有敌人骚扰的飞行。那段时间我唯一记住的事情是我看见男人们如何在森林里捕捉孔雀。孔雀同样会向南迁徙，最终抵达炎热的南部沼泽，南部的气候对他们来说非常舒适，食物也比较充足。如果孔雀待在北方，他们平常所吃的蛇和其他动物在这个时候都会进入冬眠，那就只能饿肚子了。

"孔雀和老虎是森林中两种美丽的动物。他们互相欣赏对方的外表，孔雀喜欢看老虎华丽的皮毛，老虎喜欢欣赏孔雀绚烂的羽毛。有些时候

他们同时来到水边，会静静地待在那里互相凝望。老虎伏在水池边，仰面望着树枝上的孔雀，而孔雀则站在树枝上伸长脖子，想要更清楚地看清老虎的斑纹。这个时候，人——永恒的侵略者发现了这个现象。于是他们决定要用一些诡计暗算孔雀。他们是这么做的：某一天，一个人带着一块画着老虎斑纹的布来了，那布画得逼真极了，你把它拿给任何一只鸟看，那只鸟都会把它当作真正的老虎，除非是像我这样能闻到画布的气味的鸟，才不会被自己眼睛看到的东西蒙骗。可是孔雀，这群可怜的家伙，他们几乎没有嗅觉。人将布放在地上，将绳索套在树枝附近就蹑手蹑脚地离开了。几小时之后,虎纹画布就吸引了两只孔雀,他们一开始只是在树枝上远远地眺望,后来他们发现画布纹丝不动,以为是老虎正在睡觉,便壮起胆子越飞越低。他们离画布越来越近,越来越近……最后,他们落在系着绳套的那根树枝上,走进了陷阱。

"我看不懂那个陷阱是如何工作的,但是它牢牢地束缚住了那两只孔雀,让他们立刻凄惨地尖叫起来。这时人听到孔雀的叫声,就从远处走过来,并且又耍了一个诡计:他变戏法似的拿出了两只帆布做的大黑帽子,扣在了两只孔雀的头上,这时可怜的孔雀什么都看不到了,便停止了挣扎。鸟儿基本都是这样,眼前一旦变黑,就会安定下来。这时候,那个人就把孔雀的脚绑住,让他们无法走动。然后他又拿来一支竹竿,把两只孔雀分别挂在竹竿的两头。这样他用肩扛起竹竿中间的位置,整根竹竿就平衡了。他挑着两只孔雀的动作和挑水差不多,但孔雀的长尾巴从他的身前和身后垂下来时就像是彩色的瀑布,他走到哪里,瀑布便流淌到哪里。

"就在看到人们捕捉孔雀的第二天,我决定告别雨燕,结束南飞。我独自飞回家,头脑中有了更多的知识,心里却满是创伤。在这段冒险历程中,我见遍了鸟兽之间的杀戮与争斗。为什么我们鸟兽之间要制造这么多的伤痛?我感觉你们人和人之间不会这样做,告诉我,你们会吗?我只知道鸟兽之间每天都是这样。我伤心透顶,因为我意识到这一切不会休止。"

· 第九章 ·
为战争而训练

　　我、刚德以及彩虹鸽回到城里后，发现大街小巷都流传着欧洲某地将要爆发战争的消息。既然自然的冬天和社会的冬天都将到来，我决定对彩虹鸽进行必要的训练。万一他被英国作战部征召成为信鸽的话，好让他拥有足以完成任务、保住性命的能力。由于彩虹鸽已经习惯了喜马拉雅山东北地带的气候，要是他能成为一只信鸽，他对欧洲任何一个国家的军队所起到的作用都将是无价的。要知道，现在的军队即使大多使用电报和无线电，也依然需要信鸽。至于其中的原因，等到后面的故事慢慢展开的时候，你就知道了。

　　在为战争需要而训练我的鸽子的时候，我实施了自己创造且得到了刚德认可的计划。顺带一提，我的这位老朋友和我一路进城之后在我家里短暂地住了一段时间——仅仅两三天，他就头也不回地离开了城市。走的时候他是这么说的："城市实在是太折磨人了，我不会爱上任何城市，包括这座。它甚至令我害怕！这里又有有轨电车，又有汽车，如果我不早点从这片土地上离开,把我脚底的尘土甩净,我会彻底变成一个怕这怕那的胆小鬼。在丛林里我面对老虎也无所畏惧,但是在嘀嘀叫的汽车面前我就丧失了自信。这不是我太过怯懦,只是你们没有意识到这些危险。你知道现代城市的一个十字路口一分钟危及的生命有多少吗?肯定要比危机四伏的森林一天所危及的生命还多。别了,城市!我更喜欢我的森林,那里非常安静,空气清新,我闻不到工厂散发出的恶臭,也不会被烟尘遮挡视野。我喜欢天空的蓝绿色,厌恶挡住白云的电线杆和电报线;我喜欢鸟儿的歌声,厌恶不绝于耳的汽笛声;我要见到那些天真的老虎和黑豹,告别小偷和枪手。别了,危险的城市!"

但刚德临走之前还做了另外一件事:他给我买了大概四十只信鸽和一些筋斗鸽。也许你会好奇我为什么这么喜欢这两种鸽子,老实说,我也说不清我喜欢这两种鸽子的原因。但是我可以告诉你,我为什么不喜欢扇尾鸽、凸胸鸽和其他鸽子:他们只适合观赏,不是称职的飞行员。这几种鸽子我们家其实也养着一些,但是因为飞行能力很差,也无法和信鸽、筋斗鸽一起完成飞行任务。所以我养的最多的还是这两种擅长飞行的鸽子。

印度有一个我不太喜欢的奇异风俗:如果你出售信鸽,那么不管买家给了你多少钱,只要鸽子又从新主人那儿飞回你的身边,他就又属于你了。即使买家来找你,为他所付出的金钱而抗议,你也不用归还那只鸽子或退还当初的钱。这在印度的鸽迷中是一条不成文的规矩,所以我一得到那些鸽子后,就会想方设法地博取他们的信赖和喜爱。如果我一开始就让他们自在地飞行，他们会直接飞回旧主人那里去。我当然不希望他们飞回旧主人那儿，于是我像其他人那样，在头几个星期把他们的翅膀绑了起来，让他们飞不出我家房顶这片范围。绑鸽子翅膀是个很有技术含量的事，首先你要拿一根线，将线的一端穿过鸽子的第一只翅膀，然后再从第二只翅膀下面，从很靠近翅膀根部的地方穿过去，将整个翅膀绕一圈。然后再用线的另一端，用同样的方法穿过第二只翅膀，在第一只翅膀靠近根部的地方绕一圈，这样线的两端就都垂到了翅膀的末端，现在将两根线系在一起，你的鸽子们就不会飞行了。这种方式和捆绑待宰的鸡鸭不一样，不会给鸽子带来恐惧和不适感，他们虽然不能飞了，但是翅膀还可以开合，他们可以将自己的翅膀伸展开，也可以用嘴按摩自己的翅膀。用线将这些新鸽子都绑了一遍之后，我常常抱起他们，把他们放到房顶的各个地方。他们这时候不喜欢乱跑，我将他们放到哪里，他们就伫立在哪里，用眼睛观察四周，熟悉周围的颜色特性和物品位置。这个过程持续了十五天，每一天都是对前一天的重复。但我要在这里插叙一件有关彩虹鸽的事：他同样被绑住了翅膀，但在那之后，他做出了一件了不起的事情。

彩虹鸽之所以被绑住翅膀，是因为我想试探一下他对我的忠诚程度。十一月初，我将他卖给了别人，期待他在新主人松开细线之后还会飞回我的身边。结果我把彩虹鸽卖掉的第三天，买家就来到我家："彩虹鸽从我这里逃跑了。"

"怎么从你那里逃掉的？"我惊讶地问。

"我不知道是怎么回事,但我确实找不到他了。"那个人说道。

"你应该绑住他的翅膀了吧?被绑住之后,他应该就不能飞了呀。"我继续问他。

"我绑了,两只翅膀都绑了。"他非常肯定地说道。

他的话让我又惊又急,我说道:"啊,你是骆驼的兄弟,驴子的亲戚,你怎么会这么糊涂!到我这里找什么鸽子,赶紧去你家附近找找看呀。我相信我的鸽子一定会想方设法地回到我的身边来,但是你把他的翅膀绑住了呀,他不可能从你家那里飞到我家来的。你有没有看看房顶周围呢,他有可能从房顶掉下去了——哦不,他被绑着,他离开你家后不可能活到现在,准是被野猫吃掉了。唉,你这和屠杀鸽子有什么差别?你剥夺了人类所饲养的纯洁信使的王冠,你谋杀了鸽子的荣耀!"

我的责备让那个人也慌了,我们两个立刻去寻找彩虹鸽,满脑子都在想着如何从猫那里挽救他的生命。我们找了一整个下午,走遍了那个人住处的周围,但是连一根羽毛都没找到。最后我大概找了十二个小时,直到太阳落山仍不停地在肮脏的小巷里钻进钻出。我前半辈子进入的小巷都没有我那一天走进去的多,可我还是没有找到我的彩虹鸽。那天我很晚才回家,并因此遭到了一顿责骂。我本来心里就充满着后悔和悲伤,被训斥之后,躺在床上,感觉整个世界都变得灰暗了。

我妈妈知道我此时心情不好,她像每个母亲那样,不想让自己的孩子带着一颗伤痕累累的心入睡。她以肯定的语气对我说:"你的鸽子平安无事,安安稳稳地睡觉吧。"

"妈妈，为什么这么说？"

妈妈回答我说："你的心平静下来，你就会感受到这份平静带来的帮助。而且，你的平静也会影响彩虹鸽，让他的心也安稳下来。如果他的心是安稳的，那么他的头脑就能正常运转。我的宝贝，你知道你的鸽子的头脑是多么聪明。只要他能保持心境平和，那么什么艰难险阻都奈何不了他。现在让我们向慈悲的神灵祈祷吧，我们用平和的心境向神灵祈求彩虹鸽的平安。"于是我和妈妈在这个寂静的夜晚一同坐下，为我的鸽子祈祷。我们小声地诵念着："我的内心充满平静，我愿世界上的万事万物与我同样平静。我是平静的。愿一切存在的东西都平静。平静，平静，愿平静降临万物！"

在我准备睡觉的时候，妈妈向我保证："现在你闭上眼睛进入睡梦，就不会被噩梦困扰了，因为你刚才虔诚地祈祷过，神的平静与慈悲已经照亮了你的心田。今天晚上你将会睡一个好觉，整个人都会得到充分的休息。记住，保持平静！"

妈妈说得一点儿都没错，那天晚上我睡得非常香甜。而且第二天我的内心也真正获得了平和：上午十一点，彩虹鸽飞翔于白云之间，最终落到了我家的房顶上。我不知道他到底是怎么逃脱绳子的束缚，飞翔得那么高的。为了让这个故事更加完整，我决定再次使用幻想和想象的手法，让彩虹鸽自己来叙述这段冒险历程。

"会多种语言的主人啊，"彩虹鸽在我家的房顶上站稳后，缓缓地对我说道，"你不知道我在新主人的家里遭遇了什么！之前我在这里吃的都是优质的谷粒，喝的都是新鲜的水，可是新主人给我吃的谷粒却被虫子啃过，他给我的水一点儿都不干净。我是一个有尊严的生命，为什么要像对待一块石头那样对待我？而且他用来绑住我翅膀的还是发臭的渔具线。天哪，我绝对不要认他为主人，和他生活在一起！所以，他一把我放在他们家的白色房顶上，我就拍打翅膀飞走了。没错，我还可以飞，我宁愿忍受绳子给我带来的疼痛，也要拍打我的翅膀。但我的翅膀实在太沉重，太疼了，我飞不了太远，只能就近降落到了旁边的小巷。那里有家商店支出来一顶遮阳棚，我就坐在那上面，希望有谁能来帮助我获得自由。我看到天空中飞过几只雨燕，便向他们呼救，但是他们并不是我认识的那几个朋友，他们听到了我的呼救，却不理不睬。紧接着我又看到一只野鸽，可我的这位同类也没有飞下来帮助我。就在这个时候，一只黑猫听见了我的声音，向我这里逼近！

"死神迈着优雅的步子向我走来，他的皮毛像黑色的缎子一样，眼睛像黄色的玉石一样，但我看着他只感觉恐怖。当我们之间的距离被拉近到一定程度时，他蹲踞下来，四肢蓄力，猛地扑了过来。我则在同一时间高高跃起，比他跳得更高，在他扑到我原来位置的那一瞬我跳到了他的头顶上面。然后我忍着痛振动翅膀，降落在了比遮阳篷大约高五英尺的屋檐上。在这块突出的屋檐上我看到了一个雨燕的旧巢，于是我躲了进去。直到再也听不到黑猫的声音，我才从那里钻出来，再次向上飞行——房檐再往上就是房顶。我成功地飞到了房顶上，但是有一只翅膀因为那该死的绳子而受伤了。我想让翅膀不那么痛，所以我开始用嘴按摩我羽毛的根部，我用坚硬的喙挤压和按揉我的羽毛，一根接一根。突然，我感觉有东西从我的身上滑了下去，噢，是渔具线，我的一根羽毛从那臭烘烘的玩意里解脱出来了！发现能给予自己自由之后，我立刻探索解放羽毛的技巧，然后将它应用到其他羽毛上。看吧看吧，我又有一根羽毛获得自由啦！

"这种感觉实在是太好了，我再接再厉，最后将一整只翅膀都解放了出来。这时之前差点吃掉我的那只黑猫跳上了屋顶，可我根本不害怕他，虽然我的翅膀受伤了，但是我估计自己现在已经能飞大概十英尺高。黑猫还没向我扑来，我就飞到了一座更高的建筑的飞檐上面，在那里找了一个适合休息的地方。我从高处望向黑猫，发现他居然没有在意我的存在，而是蹲下身去，猛扑到我刚刚弄下来的渔具线上。哈哈，我现在明白了，原来猫是对这种渔具上的细线感兴趣。为了不再招来野猫的注意，我更急切地去啄我另一只翅膀上的绳子，但是我才把我的半只翅膀解放出来，天就变黑了。虽然最终我在黑暗里将绳子完全地除去了，但我也不得不等待白天的来临。这并不只是因为我在黑暗中看不清周围的环境，还因为我的敌人猫头鹰会一直活跃到黎明时分。猫头鹰睡觉后，隼会在再晚一点儿的时候开始活动，我等待的就是他们都不出现在天空中的那个绝佳时机。现在我到家了——可是渴坏了，饿坏了。"

我对待新到我们家的鸽子的方法和买彩虹鸽的那个人大不相同，我的第一个原则就是一定要喂鸽子们优质的食物和干净的水。彩虹鸽倒没有很快和伙伴们打成一片，因为我决定把他和其他的鸽子暂时分开——他身上那股鱼腥味实在太重了！我让他自己住了三天，这三天里他又彻彻底底地洗了三次澡，才终于变回之前那只干净的鸽子。顺带一提，我爸爸让我把钱退给那个人，我起初不想那么做，但是后来想想，听爸爸的话是对的。一般人买了鸽子，鸽子都是在解开翅膀后才飞走的，可是彩虹鸽却只在他家待了两天。买主真是一个可怜的人。

两周之后，快要到解开那些新成员的翅膀的日子了。这时我开始用一些特制的零食收买这些小家伙：把未遭虫蛀的谷粒和花生浸泡在酥油（清牛油）里。一整天后，它们就会变成鸽子们非常喜欢的一种食物。我将我做好的美食喂给鸽子们，很快就让鸽子们离不开它了。由于我连续两天都是下午五点钟喂的，所以他们从第三天开始就会在这个时间之前飞到我身边，向我索取更多的食物。我没有心急，又这样喂了三天。最后，我挨个解开了他们翅膀上的绳子。我解得很慢很仔细，因为我不希望他们的翅膀因此受伤。下午四点四十五分，我解开了最后一根绳子，每只鸽子一感到自己获得了自由，就欢欣鼓舞地飞走了。但那股兴奋劲儿过去之后，他们很快就意识到现在马上就要到五点钟，该吃美味的谷粒和花生了。当解开所有的绳子，我疲惫地抬起头的时候，看见这些鸽子都落在房顶上，充满期待地望着我。

　　只能通过食物之类的好处赢得这些鸽子的信任是一件令人遗憾的事，但是人又何尝不是如此呢？之后的生活中我发现，这世上有许多男男女女在这方面和鸽子没有什么两样。

第十章
战前训练（续）

　　我对新鸽子的基本训练和对彩虹鸽所做的训练大体相同，也就是把他们带到家附近的地方放飞，让他们自己飞回家，然后每次放飞时不断地改变方向，增加距离。一个月后，他们便能从五十英里以外的地方飞回我家的屋顶了。在这次值得称赞的飞行中，大多数鸽子都跟着彩虹鸽飞回了家，只有两只鸽子离群飞到了旧主人那里。

　　彩虹鸽是这些鸽子的领导，但是成为领导并不是一件十分简单的事。新鸽子里面也有厉害角色：希拉和嘉豪。彩虹鸽和他们两个进行了一场激烈的战斗。

　　嘉豪是一只筋斗鸽，羽毛是纯粹的黑色。看到他，你会联想到美丽的黑豹，但是和黑豹不同，他性格温和，没有什么攻击性。可是他对于彩虹鸽领导鸽群这件事有很大的意见。

　　与信鸽相比，筋斗鸽的性格要温和很多。吵架和炫耀简直是信鸽的天性，每次我走到房顶，都能看到那群公信鸽在房顶咕咕咕地高谈阔论，摆出一副君临天下的架势。如果彩虹鸽觉得自己是拿破仑大帝，那么白色信鸽希拉估计觉得自己是亚历山大。他的羽毛就像是太阳所发射出来的光束中最中间的那一点颜色——白到了极点。至于嘉豪，虽然他不是信鸽，但他的优秀也让他自带一种骄傲，他估计会想让大家觉得他是尤里乌斯·恺撒和福煦元帅的化身。

除了这两只鸽子，鸽群中还有很多自命不凡的鸽子，但他们都被希拉和嘉豪——钻石和黑钻石——以及彩虹鸽打败了。现在，这三只公鸽子有必要开展一场决斗了。

决斗是这样开始的，某一天，我见到希拉一边用尖尖的喙为自己梳理羽毛，一边在嘉豪的太太面前咕咕咕地乱叫。嘉豪的太太和她的丈夫一样，羽毛是纯粹的墨黑色，眼睛红得像两颗鸡血石。看到希拉这么不懂礼貌，嘉豪愤怒地冲出来，扑到了希拉的身上。受到攻击的希拉也感觉很生气，于是立刻开始反击。两只鸽子就这么打了起来，他们用喙咬对方，用爪子踢对方，一边用翅膀带着整个身子飞在半空，一边用翅膀扑打对方的翅膀。两只公鸽子决斗的场景就好像恶魔在搏斗一样，所有的鸽子见到这样的场面都躲得远远的，除了彩虹鸽。彩虹鸽气定

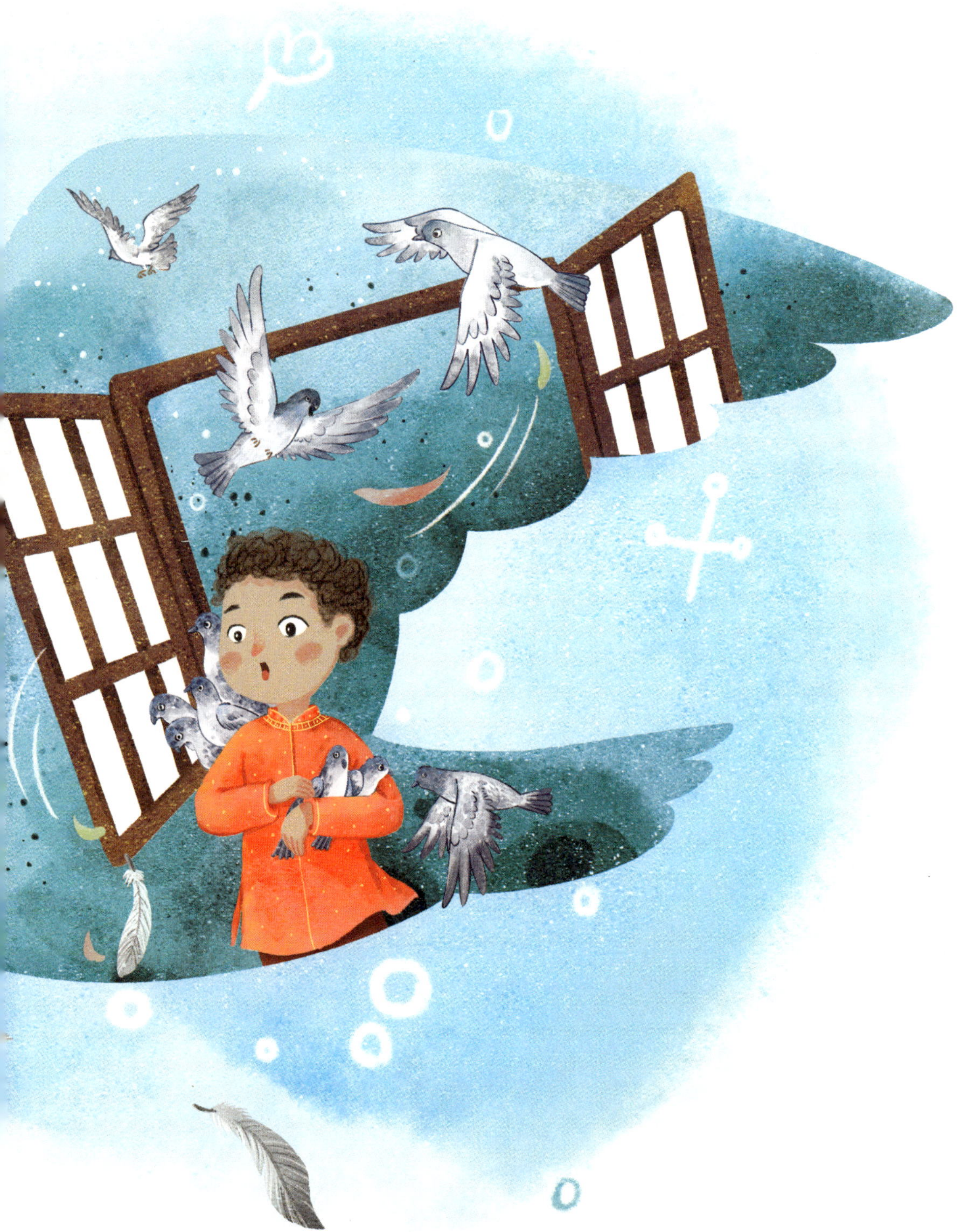

神闲地看着这一黑一白两只鸽子打了一个又一个回合，神态好似正在担任网球比赛的裁判。最后，希拉取得了胜利。此时的他简直自负到了极点，几乎在获得胜利的下一秒就走到嘉豪的太太面前，咕咕地说："看到了吗？这位夫人，你的丈夫不过是个胆小鬼，鸽群里谁最出色？是我。咕咕，我真是太了不起了，咕咕，咕咕。"

但是嘉豪的太太并没有因此高看他一眼，相反，希拉的这副嘴脸让她感到十分厌恶。她轻蔑地瞟了希拉一眼，就扑动翅膀连飞带走，躲到了自己丈夫的身边。这等于在极度兴奋的希拉头上浇了一盆冷水，他垂头丧气地来回踱步，心头的怨气越来越盛。突然，他就像一个被点燃了的炸药包那样飞扑到彩虹鸽身上，对彩虹鸽又啄又打。彩虹鸽一直在看戏，根本没有料想到希拉会突然袭击他，因此被打得头晕眼花。彩虹鸽不想与希拉交战，于是就飞走了。但是希拉紧追不舍，逼得彩虹鸽不得不和他认真打一架。他们两个绕圈飞行，速度极快，宛如两个陀螺在不停地打转，我几乎分不出来是谁在追撵谁。

猛地，在我还没有反应过来的时候，两只鸽子不再高速飞行，而是开始在空中互相拍击啄咬。他们的翅膀拍击时发出啪啪的声音，白色与蓝色的羽毛飘飘悠悠地从空中坠落。然后他们的阵地又从空中转移到地上——可依旧是混乱且疯狂地打成一团。感觉用这种方式打不出个输赢来，彩虹鸽就瞅准机会甩脱希拉的爪子，再次飞到了空中。这时，他看似被希拉追赶，实则用一定的距离为自己争取了出奇制胜的机会。在飞离地面三英尺时，彩虹鸽一转身，瞬间用利爪抓住了希拉的脖子。他用力收紧爪子的那个瞬间，希拉感觉到了一阵窒息。但彩虹鸽不肯轻易收手，他将爪子越收越紧，还不停拍打翅膀。希拉身上洁白的羽毛被他扇得片片飞落，让屋顶上宛如下起了大雪。感到生命受到威胁的希拉本能地将彩虹鸽向下拽，并且不断地伸长脖子去啄彩虹鸽，于是两只鸟又从空中滚到地上，开始翻腾、旋转。

最后，希拉瘫倒在地上，像一朵枯萎在枝头的白色花朵，他的一条腿被彩虹鸽弄脱臼了。而另一边的彩虹鸽也被啄掉了不少羽毛，原先长着美丽的彩色颈羽的那片皮肤裸露在空气中。但是我看到彩虹鸽一副喜气洋洋的神态：希拉战胜了嘉豪，他又战胜了希拉。这场三只公鸽子之间的战斗，最后是他胜出了。他知道自己占了希拉的便宜，因为希拉在之前和嘉豪的战斗中消耗了大量的体力，如果他与希拉都得到充分的休息，然后真刀真枪地来一场较量，他未必能打败全盛状态的希拉。但是不管怎样，他就是赢了。

我为希拉的腿绑上了绷带，并且做了其他能做的处理。之后我便喂这些鸽子吃今天的最后一顿饭。他们和睦地在一起进食，仿佛刚才什么都没有发生过。

很明显，这些鸽子的血管不会被愤怒和怨恨灌注，优秀的家族基因给这些小家伙以最好的教养。战斗中落败的公鸽子大大方方地接受了事实——这才是绅士所为。

时间很快到了一月，天气凉爽少雨，最适合开展鸽子大赛。鸽子大赛对参赛者的爱鸽们有三项考验，分别是完成团队协作、进行长途飞行和对抗飞行中的危险。我的鸽群获得了第一项考验的一等奖，但是很遗憾，由于一场令人悲伤的意外，他们无缘在其他两项考验中获奖。

先和你们解释一下什么叫作团队协作吧，当鸽子们各自飞离自己的家，他们就渐渐听不到主人吹出来的口哨声以及其他指令了。这时，浩浩荡荡的鸽群需要一个领导。于是不同的鸽群当中，一只被大家认可的鸽子就会挺身而出，开始领航。他可能并不知道自己为什么获得那项荣誉，为什么要担起相应的责任，但是鸽子的智慧和本能驱使他那样去做。

比赛当天的气温是七摄氏度，对我所在的印度的这个地区来说，今天算得上是一年中最寒冷的一天。在这个天气晴朗而又寒气逼人的早晨，我登上房顶，看到了纯净无云的天空，宛如一块巨大且无瑕的蓝宝石。城市的房屋随着晨光的出现渐渐显现——蓝的、白的、黄的，看上去好似一支巨人大军诞生于因朝霞而变得五颜六色的深渊当中。

远处，地平线笼罩在暗紫色的薄雾中。身穿琥珀色和紫水晶色长袍的人们在向神灵做了早上的祈祷之后，站在自家的屋顶上举起双手，向初升的太阳祈求幸福。城市的各种噪声和气味似乎是从还笼罩在夜色中的狗窝里释放的，我听见鸢的叫声与乌鸦的叫声响起，还隐隐约约地听见了吹笛者演奏的小曲。就在这时，信号哨吹响，比赛开始了。每个养鸽人都开始在屋顶上挥起一面小白旗，指挥自己的鸽子升空。顷刻之间，无数的鸽群飞上天空——你无法想象这么多的鸽子是从哪里冒出来的。一群又一群，颜色也是一种又一种……鸽子们扇动着翅膀，聚集在城市的上空。

乌鸦和鸢——有红色和棕色两种——在成千上万的信鸽和筋斗鸽宛如急流般呼啸着涌来时仓皇地逃跑了。很快，鸽群占据天空，并开始组成一个在半空中盘旋的扇形。远远看去，空中宛如存在着一些无形的旋涡，将这些鸟儿组成的云彩吸引得不断旋转。虽然他们越飞越高，但在很长一段时间里，每一群鸽子的主人都能轻松地在众多鸽群里找到自己的鸽子。我也不例外，即使最后分开的鸽群合并起来，一双双翅膀组成一堵实体的墙，我还是能根据鸽子们飞的姿态来辨别出我熟悉的那些伙计，比如彩虹鸽、希拉、嘉豪以及其他六七只比较特别的鸽子。不是我在吹牛，每只鸟在飞行时都有自己的特点，我熟悉他们的每一根羽毛。所以当他们飞上天时，我一下子就能通过那些特点找到自己的鸽子。当我们这些鸽子主人想要引起某一只鸽子的注意时，就会吹一种尖锐的哨子。哨声中会加入特殊的停顿作为暗号，让鸽子们知道那是自己的主人在发出号令——前提是这些鸽子还没有飞到声音无法触及的高空中去。

但鸽群最后总要飞到那样的高度上去。他们最终飞到极高的地方，然后停止盘旋。这时他们开始沿着地平线向远处飞行，并且内部出现了争夺领导权的比赛。此时的鸽子们在主人的眼里就是一群小点，但是我们最关心的就是哪只鸽子获得了领导权，在鸽子穿梭于天空中时，我们不得不盯着朝各个方向乱飞的鸽群，判断谁是最后的领导者。有那么一段时间我觉得我的嘉豪会是那个领飞者，但是他才飞到鸽群的最前面，鸽群就朝右转向，并引起了队伍的混乱：你可以想象赛马时，参赛的马如果失去方向会是什么情景。很多鸽子本来没有当领导者的想法，却因

为刹不住往前冲的势头而冲到了队伍的最前面，嘉豪顿时被淹没在一群普通鸽子当中。而且由于鸽群在不断地转向，这些失控的鸽子很快就被大部队甩开，落在后面了。这种情况发生了一遍又一遍，我们这些抬头仰望的养鸽人逐渐对结果失去了兴趣，如果领飞是这样随机的一件事的话，那么最后赢得领导位置的那只鸽子估计也会是个平庸的家伙。

结果我刚移开视线，其他站在屋顶上的鸽迷们就开始叫："彩虹鸽，彩虹鸽，彩虹鸽！"没错，他们都在呐喊着我的鸽子的名字。我抬头望去，然后清清楚楚地看到——不可能看错一丝一毫——我的彩虹鸽成了庞大的鸽群的领飞者。啊，多么壮丽的场面，多么值得纪念的瞬间呀！彩虹鸽领着鸽子们从天空这边飞到那边，每一次飞行都比之前飞得更高。他们一英尺一英尺地上升，到早上八点钟的时候，我们已经看不到这群飞得又高又远的家伙了。这时再向天空张望也没有什么用，于是我们都收起小白旗，走下楼去学习功课了。等到中午，我们才再一次来到屋顶。这时，我们看到鸽子们正像一堵下降的墙一样出现在天空中。看呀，领导他们的还是彩虹鸽！"彩虹鸽，彩虹鸽！"男孩们又开心地欢呼起来，这只脖子上有着五彩颈羽的、由我一手训练的鸽子连续领导鸽群飞行长达四个多小时，他下落时的姿态和起飞时一样——如此别具一格！

　　接下来的飞行比赛就很有危险性了。彩虹鸽，也就是庞大鸽群的领飞者下令鸽群解散，于是一群又一群的鸽子从集体里分离出来，飞向自己的家。为了不使同伴掉队，他们飞的速度不是很快，这就给他们的飞行带来了危险，一些鸽子必须在这个时候挺身而出，飞在小鸽群的上面，以保护他的同伴。我们家的鸽子也是如此，领头的彩虹鸽将同伴们排成伞形，然后他自己飞在上面，一边指挥，一边提防着敌人。这就是获得领导地位所要付出的代价——某种意义上的自我牺牲。

　　我先前所提到的会对鸽子的性命造成威胁的鸟类主要是鹰和隼，但今天，出现在天空上的却是巴兹。巴兹是一种秃鹰，每到冬天，这种鸟就会来到印度南部的城市。他们虽然属于秃鹰的一种，但是和鹰、隼一样，只吃用自己的爪子捕杀到的活物。然而他们将秃鹰的阴险与狡猾体现得淋漓尽致——所以我认为他们在鹰中应该是最受鄙夷的那一类——明眼人能够凭借他们末端没有散开的翅膀判断他们的身份，但眼力不好的人和动物经常将他们和鸢弄混。利用这一优势，巴兹捕猎的时候会一对一对地飞在鸢群附近，且比鸢群稍高那么几英尺。这样一来，他们既能通过高度差看到猎物，又能隐蔽自己的存在。

那一天，彩虹鸽刚赢得领导者的桂冠不久，我就注意到在飞过来的一群鸢中藏了一对巴兹。我当即将手指含在嘴里，用力吹出了一声口哨。彩虹鸽听到尖锐的哨音，明白了我的意思，开始根据当时的情况重新指挥追随他的那些鸽子。他把那些鸽子们排成月牙形，自己飞在月牙的中间，让希拉和嘉豪在月牙的两端做掩护。排好队形之后他的整个团队都紧紧地团结在一起，远远看去，就像天空中飞着一只巨鸟一样。然后，鸽子们的下降速度变得越来越快，此时他们在空中的飞行任务已经顺利完成了，参赛的其他家的鸽群这个时候已经回到各自的家中了。

巴兹不愿意看到鸽群们顺利地返回鸽巢，其中一只巴兹就像巨石从喜马拉雅山的悬崖上滚落一样，转瞬就到达了和我的鸽群一样的高度，落到了他们的前面。而后他面对鸽群舒展双翅，企图吓坏他们。这并不是什么新战略，过去几百几千年间，巴兹们都是这么做的，先辈的经验告诉这只巴兹，面对鸽子的时候就应该用这种方式引起鸽群的恐慌，将鸽群的队形搅乱。如果这些鸽子团结不起来，被吓得四处纷飞，那么他们的力量就会减弱，巴兹就有机会捕捉到食物，但是彩虹鸽并没有让巴兹的阴谋得逞，满腹韬略的他紧紧团结着鸽子们，带领大家从巴兹下方大概五英尺的地方飞了过去。没错，就是对敌人视若无睹，彩虹鸽知道，只要鸽子们不散开，一只小小的巴兹是掀不起什么波浪的。但当鸽群向前行进了大概一百英尺的时候，第二只巴兹——大概是巴兹太太吧——像她的丈夫那样，如巨石滚落般降落在了鸽群前面。这次鸽群与巴兹的距离更近，彩虹鸽已经来不及带着大家向下俯冲了。

我以为彩虹鸽定会有些慌乱，结果他的行动出乎我的意料：他领着整个鸽群直接向敌人冲了过去。

巴兹太太十分震惊，她收起翅膀，灰溜溜地躲开了鸽子们的攻击。逃过一劫后她转过身来，彩虹鸽和鸽子们就加快速度迅速下落，已经将她甩在了后面。现在，鸽群离我家的屋顶还有六百英尺。

结果在这个时候，鸽群还是不可避免地迎来了厄运：巴兹先生如同一颗塞满了烈性炸药的炮弹似的冲下来，落到了鸽子们的中央。他在鸽群中间像挥舞火叉似的挥舞自己的翅膀，并且张开嘴巴发出愤怒而恐怖的尖叫。这对鸽群所起到的震慑作用比刚才强好几倍，宛如墙壁一样坚实的鸽群被分成了两半，有彩虹鸽在的那一半紧跟着彩虹鸽飞行，另一半则可怜兮兮，充满恐惧，失去了飞行的方向。在重大的危机面前，彩虹鸽发挥了一个领导的真正作用，他跟随着那个混乱的鸽群，并且最终赶上了另一半鸽群。这样，他们再次融为一体。可是巴兹太太效仿她的丈夫，也像霹雳一样飞到了鸽子们中间，而且她的目标是彩虹鸽，下落时她几乎抓住了彩虹鸽的尾巴。尽管彩虹鸽灵活地逃脱，但是巴兹太太成功地达成了她的目标：将鸽子们的领导者隔离出来。这让彩虹鸽彻底脱离大部队，处于四面受敌的危险状态。可是彩虹鸽心中毫无畏惧，他尽力振动翅膀，赶上撤退的队伍。结果他刚刚下降了大概十二英尺，巴兹先生就出现在他的面前，截住了他的去路。

步步逼近的敌人反而让彩虹鸽的头脑变得越来越清醒，看到巴兹先生出现在前面时，他迅速地翻了几个筋斗。因为他知道巴兹太太不会在旁边束手等待，她一定在自己的后面伸出了魔爪，准备趁他迟疑的时候抓住他。不能被巴兹先生的截击吓倒，他要立刻改变飞行方向！彩虹鸽幸运地逃脱了巴兹太太从后面伸出的魔爪。

就在这个时候，其他鸽子奋力飞行，已三五成群地抵达屋顶。他们一个接一个落到屋顶上的画面，和秋天的果树林里成熟的果实接二连三从枝头落下的画面极为相似。但是，并不是所有鸽子都马上怯懦地躲进了鸽巢，有一只鸽子非常勇敢：黑钻石嘉豪在其他鸽子都降落在屋顶上时，翻了一个筋斗，向上飞行。这并不是他昏了头，我知道他想做什么：他要帮助彩虹鸽对抗敌人。此时的巴兹先生正因为彩虹鸽好几次翻筋斗避开了他的攻击而气恼，看见有一只鸽子离开队伍飞了过来，他便放弃了彩虹鸽这个目标，追逐嘉豪去了。而巴兹太太还在专注地与彩虹鸽战斗：你应该知道彩虹鸽全力飞行时是个什么样子，他在空中翻滚，绕圈，冲得像闪电一样快。巴兹太太没有彩虹鸽那么灵活，基本做不到翻转，所以她很快就被耍得气喘吁吁。

另一边，嘉豪面对的形势就不容乐观了。巴兹先生老奸巨猾，不受嘉豪翻筋斗的影响，只要嘉豪试图用转向绕晕他，他就振动翅膀飞到高处，先做出预判瞄准目标，再向下俯冲。巴兹这样发动攻击的时候准度是很高的。我替嘉豪捏了一把汗：现在巴兹先生又飞到了他的上空，他如果在下方飞得稍慢一点儿，或者飞错一个弯，巴兹先生就会冲下来，然后死死抓住他。哎呀，不好，他失误了！嘉豪居然在飞到巴兹先生正下方时走了直线。巴兹先生没有放过这个机会，立刻收起翅膀，像霹雳一样落了下来。他下落时我听不到任何声音，甚至连声音即将发出的迹象都感觉不到。

向下，向下，向下，巴兹飞速落下，宛如降临人间的死神。然后令人悲伤的一幕出现了，为了拯救伙伴，彩虹鸽突然出现，飞到了巴兹与嘉豪的中间。由于我刚刚一直注意嘉豪这边，我都不知道彩虹鸽是怎么一边逃脱巴兹太太的攻击，一边注意到这里的险情的。

但是巴兹的攻击没有因此停下，既然彩虹鸽出现在他的利爪面前，他就顺势去抓彩虹鸽。虽然有点儿不稳，但是他抓到了。霎时间，天空下起了羽毛雨。使彩虹鸽痛苦翻滚的利爪就像是烙铁一样烙到我的身上，让我跟着彩虹鸽一起尖叫。我为他的痛苦而痛苦，为他的绝望而绝望，我只能眼睁睁地看着巴兹在天空中盘旋，并且将爪子越收越紧。结果与此同时，在另一边的天空中，又发生了一件令我担忧的事情。我必须承认，因为我的注意力全放在了巴兹先生和彩虹鸽身上，忽略了嘉豪。可能是在彩虹鸽被抓住之后吧，巴兹太太八成是抓住这个时机，一举抓住了嘉豪。

在巴兹太太的利爪下，嘉豪的黑色羽毛也像雨点一样漫天飘零。但是和正在巴兹先生的利爪下疯狂挣扎的彩虹鸽不同，嘉豪一动不动，显得非常安静。我以为他是听天由命了，但是事实证明，他也有着勇敢的品性——或许是因为看到彩虹鸽随时可能挣脱巴兹先生的爪子，巴兹太太带着嘉豪向巴兹先生飞去。结果就在这个时候，原先纹丝不动的嘉豪开始奋力挣扎，他所迸发出的力量让巴兹太太失去了平衡，在空中与丈夫相撞。翅膀被撞到的巴兹先生几乎在空中滚了一圈，爪子也松了几分，于是，彩虹鸽趁这个时候奋力一挣，逃脱了敌人的利爪。他不断地下降，下降，下降，三十秒钟后，他呼吸不稳、满身血迹地降落在我们家的屋顶上。我把他捧起来，仔细地查看了伤口。他身体的两侧都有很大的撕裂伤，但是并不致命。我立刻捧着他跑到了专门医治鸽子的人那里，让专业的医生给他包扎伤口。大约半小时后，所有的伤口都处理完了，我将彩虹鸽带回了鸽巢。

我在鸽巢那里找不到嘉豪，可怜的黑钻石，他的奋勇挣扎让伙伴得以逃生，他自己却没能从巴兹太太的利爪中挣脱。属于他的那个鸽巢空荡荡的，既看不到他，也看不到他的太太。

当我走上屋顶的时候，我看到了一个小小的黑色身影：嘉豪的太太正站在高高的护墙上，向天空张望。她在找寻她的丈夫，连续找了两三天。我不知道她是否清楚她的丈夫是为一位勇敢的同伴牺牲了自己，这个事实又是否会给她带来一些安慰。

· 第十一章 ·
彩虹鸽求偶

彩虹鸽的伤口愈合得很慢，飞行能力还受到了影响，一直到二月中旬，他仍然只能飞到高于房顶大约十几英尺的地方，并且飞不了太长时间。我希望他能尽快恢复飞行的能力，于是尽量将他从屋顶上赶走，但是他会寻找时机尽快重新落到屋顶上。他比我灵巧得多，我和他斗智斗勇，最后也仅仅能让他持续飞行十五分钟。我开始觉得他的肺部可能出现了问题，于是带他进行了检查，可是医生说他的肺部很健康。后来我又觉得他抵触飞行是因为他的心脏出了问题，于是又带他进行了检查，第二次检查的结果证明，他的心脏也一点儿问题都没有。

我被彩虹鸽的这种行为惹怒了，但生气也没什么用，我完全不知道该怎么让他配合训练。纠结了一段时间，我给我的老朋友刚德写了一封长信，将这期间所发生的事情原原本本地描述了一遍。谁承想，刚德当时不在他的住处，而是和一些英国朋友打猎去了，因此我等了好长时间，也没有收到他的回复。我只好反反复复地检查彩虹鸽，每天都将他放在阳光下，一遍又一遍地观察他的行为。最后，我的信心被消耗殆尽——或许彩虹鸽再也不能飞翔了。

但是在二月即将过去的时候，我收到了刚德从丛林里寄来的信，这封信言简意赅："你的鸽子在袭击中被吓到了，让他不再恐惧，他就会开始飞翔。"这封信就这么结束了，虽然指出了病因，但是并没有提出任何的治疗办法。这让我苦恼极了：刚德说得轻巧，可我连让彩虹鸽振动翅膀都做不到。过去这段时间里我无数次地尝试将他赶离屋顶，可是他只是被我从一个角落赶到另一个角落，两只爪子说什么也不肯腾空。而且在刚德提到恐惧后我还注意到另外一件事：彩虹鸽的恐惧病好像非常严重。他极度害怕天空中的阴影，无论是见到云影还是鸟落下的影子，他都会被吓得瑟瑟发抖。不用多说，这是那次袭击所带给他的心理阴影，现在他只要看到类似的事物，就会幻想出一只向他伸出利爪的巴兹。

我终于明白彩虹鸽所受到的打击有多么巨大，可是我们此刻不在喜马拉雅山，没有神圣的喇嘛帮我治疗彩虹鸽的恐惧。哎，到底用什么方法能让彩虹鸽的内心重新获得平静呢？

在我烦恼的时候，三月来了，春天来到了印度南部。彩虹鸽换上了新羽毛，整只鸽子闪亮得像大块海蓝宝石的核心。有一天，我不知道是出于什么机遇，彩虹鸽和嘉豪的遗孀说起话来了。因为春天的到来，她也变得非常夺目。在阳光的照耀下，她那黑宝石般的羽毛就像热带夜晚的点点繁星一样闪耀。我深知她和彩虹鸽的搭配对繁育后代来说并不是最好的选择，但是看到他们感情增进，我感到分外喜悦。我希望他们的感情能使彩虹鸽摆脱恐惧，也能使嘉豪的太太不再沉溺在丧偶的悲伤当中。

为了增进两只鸽子的友谊，我将他们关在一个笼子里，然后带着他们去找我的朋友拉迪亚。拉迪亚住在距我的家大约二百英里的一个小村庄里。那个紧挨着一片丛林的小村庄叫加特西拉，被一条河环绕着，村子对面是一座长着郁郁葱葱的树木、生活着各种各样的动物的高山。拉迪亚是村庄的祭司，这一职务近十个世纪以来一直由他们家族的人担任，现在传到了他这里。他的父母所住的大房子和村里的寺庙是同一材质，都由混凝土浇制而成，并且这两栋建筑紧密相邻。那座寺庙被高墙环绕，拉迪亚每天晚上都会来到寺庙的庭院里，为等候在那儿的农民诵经、讲经。当他在屋里大声朗读的时候，遥远的丛林深处会传来老虎的叫声，有时候他们还能听到河对岸野象的吼声。简而言之，这是一个美丽又危险的地方。在加特西拉村子里你可以确保自己的安全，不过你离开村子用不了多远，就能找到你想找的任何猛兽。

我与我的鸽子乘着火车在夜里抵达加特西拉，拉迪亚和他们家的两个仆人在火车站等候我们。接到我们后，一个仆人接过了我的行李，另一个仆人接过了装有彩虹鸽和嘉豪太太的鸟笼。他们不仅自己提着防风灯，还为我准备了一盏。离开车站后，我们排成一路纵队，一个仆人在最前面，另一个仆人在最后面，我们走啊走啊，一直走了一小时。我记得我之前去村庄的路程没有这么远，于是疑惑地问他们："为什么这次要绕路走？"

　　拉迪亚解释道："现在是春天，野兽会途经这里向北方迁徙，如果我们走近路，就会在树林里碰上他们。"

　　"胡说八道，"我自以为是地嚷嚷着，"我之前又不是没来过这里，我们这样走，要什么时候才能到村庄？"

　　"再走半小时，我们就能——"

　　拉迪亚话音未落，我忽然感觉我们脚下的大地开始震颤，好像即将出现像山谷一样大的裂痕——哦不，只是有东西正在摇撼它，并让它出现像火山喷发一样恐怖的声音。然后，一阵"哇——嚇——嚇——嚇——哇"的叫声响起。

　　震耳欲聋的声音让鸽笼里的鸽子受到了惊吓，我也被吓得有些站不稳，将手搭在了拉迪亚的肩膀上。可是拉迪亚却完全没有惊恐的神色，还被我与鸽子的反应逗得笑个不停。除他之外，走在前面领路和走在后面断后的两个仆人也开始哈哈大笑。

　　等到他们终于不再笑了，拉迪亚抹着眼泪问道："哦，原来你已经对这条路非常熟悉了。那就奇怪了，为什么猴子被灯笼吓到所发出的声音会让你吓成这个样子？"

"猴子？"我感到不可思议。

"对，很多很多猴子，"拉迪亚说，"我说过，野兽这个时候会经过丛林向北迁徙。刚才的这群猴子在我们头顶的那些树上，我们拿着灯笼，将他们吓坏了，就是这样。以后再遇到这种事，可别把猴子当成老虎了。"

走剩下的那段路时我的运气很好，没有再遇上类似的突发事件，我可怜的自信心算是得到了保全。

第二天一早，拉迪亚便履行他祭司的职责去了。我则走上屋顶将鸽笼打开，让两只鸽子飞出来。刚打开笼子的时候，鸽子们因为不熟悉周围的环境而感到迷惑，但是他们看到了我，也看到了我手中被酥油浸透的谷粒。这让他们平静下来，并且愉快地飞到我手上吃起了早饭。我差不多陪他们在屋顶上待了一整天，因为我怕我一旦离开，他们又会因为陌生的环境而感到恐惧。

在这之后的一个星期，两只鸽子待在加特西拉就和待在家里一样自在了。并且他们之间的感情变得越发浓厚——这证明我将他们和其他鸽子分开是一个明智的决定。在我来到加特西拉的第八天，小小的奇迹发生了，我和拉迪亚惊讶地看到拒绝飞行的彩虹鸽在求偶。

鸽子的求偶离不开飞行。只见母鸽开始在空中飞翔，飞的高度并不是很高，而彩虹鸽追了上去。看到彩虹鸽跟着自己飞行，母鸽就抬升了

自己飞行的高度，并且开始盘旋。彩虹鸽则一直紧紧追着她。但是，彩虹鸽飞到一个高度之后就猛地停了下来，不再追着母鸽，只肯在母鸽的下方绕圈。

彩虹鸽的恐惧还没有完全被治愈，但我觉得这是一个好的迹象：彩虹鸽终于战胜了自己的恐惧，又在天空中飞翔了。

第二天早上，彩虹鸽和母鸽又开始飞行，他们的飞行高度一点一点地升高，一起做着甜蜜的游戏。可是彩虹鸽突然又出了问题，他不在母鸽的下方盘旋，而是迅速地朝屋顶下降。这让我感到迷惑：他甚至不如昨天有勇气了。善于观察的拉迪亚向我解释道："刚才有一朵和扇子差不多大的云把太阳遮住了，突然落下了一片阴影，彩虹鸽以为那是要攻击他的敌人，就害怕地飞了下来，等到那片云飘过去，他就不会再害怕了。"

拉迪亚说的是对的，等那片小小的云彩飘过去，光线再次毫无阻拦地照射在大地上后，彩虹鸽就不再向下降，转而在空中盘旋。因为他向下落，所以母鸽刚才也开始陪着他向下飞，但是看到彩虹鸽重新向上飞翔，她就不再下降，而是在大约一百英尺高的上空等着他了。

看到母鸽正在等待自己，彩虹鸽猛地振翅，纵身向上冲去，他矫健的身姿好似刚从笼子里被放出来的雄鹰。在他飞翔的时候，阳光照射在他多彩的颈羽上，在

周围折射出了一道道的彩圈。不一会儿，彩虹鸽就飞到了和母鸽相同的高度，并且超过了她——他开始带领着母鸽飞行。就这样，他们越飞越高，越飞越高。彩虹鸽重新征服了天空，他的敏捷和力量也征服了母鸽的心。

次日清晨，他们很早就从屋顶飞走了，飞了很远，很高。有一段时间他们飞去群山那边，消失在我们视野中了，可能是已经掠过山峰的顶端，到达了山的另一侧。他们消失了一个多小时后，也就是十一点钟左右，他们总算再次出现在我们眼前。他们飞近时我看清他们的嘴里都叼着一根大稻草——原来他们已经准备要搭建新的鸽巢来孵化后代了。我认为我们到了该回家的时候，但拉迪亚觉得我们应该再在这里多待一段时间。

于是我和两只鸽子又在这里多待了一个星期。在这段时间里，我们每天都会渡过村庄旁边的小河，进入危机四伏的丛林中。我将两只鸽子装在鸽笼里随身携带，等到离拉迪亚家有几公里远了，我就在茂密的树林里放飞他们，锻炼他们的方向感与飞行能力。彩虹鸽在这样的日常中忘记了之前发生的事，换而言之，他与配偶之间的感情、环境与气候的变化让他不再恐惧——恐惧病是最致命的疾病。

我在这里还要再次清清楚楚地强调一点，那就是我们生活中的不如意几乎都来自恐惧、忧愁和怨恨。任何人、任何动物只要有了这三种情绪的其中一种，就会接连染上其他两种，然后遭受不计其数的苦难。在自然界中，猛兽捕食的过程是一个良好的例证。无论是多么凶猛的捕食者，他们都会先让猎物受到惊吓，然后再追赶并杀死猎物。猛兽们这么做是因为如果猎物对捕食者产生恐惧，他就已经走上了死亡的不归路，无须捕食者给他致命的一击，恐惧就会让他浑身震颤，丧失生的希望。

第十二章
战争呼唤彩虹鸽

八月初,彩虹鸽的孩子们出生了。但他无暇与孩子们度过太多的亲子时光。他需要和希拉一起从加尔各答前往孟买,跟着刚德为世界大战服务。当时军队征召两只鸽子,我便送他俩上了战场。

希拉入伍时并没有配偶,因此在动身前往佛兰德斯[①]和法国战场时,他并不像彩虹鸽那样令我放心。彩虹鸽当时已经和自己可爱的孩子们有过一些接触,这些小宝宝与他的太太将成为他和加尔各答之间的情感纽带。过去的经验告诉我,有着这样的纽带的鸽子基本都会平安返回家中,只要他还有一口气在,任何枪声和子弹都无法成为他的阻碍。说到这里,有人可能会问:彩虹鸽住在加尔各答,距离战场有几千英里,他难道一开战就要往加尔各答飞吗?当然不是了,我的意思是,因为太太和宝宝们还在加尔各答,所以彩虹鸽会尽可能在执行任务的前提下保证自己的安全,让自己能跟着刚德回到临时窝巢,最终平安回到加尔各答。

---

① 佛兰德斯,西欧的一个历史地名,泛指古代尼德兰南部地区。

我听别人说，彩虹鸽在战争前线和司令部之间成功递送了好几份机密情报，总司令和刚德总是待在司令部，期待他英勇的身影。我还听说彩虹鸽一开始最喜欢刚德，但是几个月之后，刚德在他心中的位置就被总司令取代了。

我没有跟着我的鸽子们一起应召是因为我还没有成年，不能服役，适合带着两只鸽子执行任务的只有刚德这位老人。刚德与任何动物都能发展出深厚的友谊，与彩虹鸽和希拉也不例外。一开始，刚德对他们来说只是一个熟人，但在从印度到马赛的旅途中，两只鸽子很快把他当成了要好的朋友。

从1914年9月到1915年的春天，彩虹鸽和希拉一直待在佛兰德斯的印度军队。他们两个会和不同的部队一起前往战斗前线，需要传递情报时，士兵们便将信息写在仅有一盎司[①]重的薄纸上，然后将纸绑在鸽子们的脚上。之后，鸽子们就会从阵地飞到等候在司令部的刚德身边。司令部的人会破译他们带回来的情报，最后交由总司令，让总司令亲自回复。据说不只是彩虹鸽喜欢总司令，总司令也特别宠爱彩虹鸽，认为他的服役意义非凡。

但是这里的故事最好还是交由彩虹鸽自己来讲，就像一个梦只能由做梦的人亲自来讲述一样，有些事情除了亲历者，其他人都无权叙述。我的朋友们，请静下心来，一起听听这些发生在战场上的故事：

---

① 盎司，英美制质量或重量单位，1盎司约合28.3495克。

"在穿过了黑色的海水——印度洋和地中海之后,火车又载着我们路过了一个非常奇怪的国家。虽然已经是九月了,但是这个奇怪的国家——也就是法国——却冷得像冬天的印度南部。那种气温让我感觉我不是前往战场,而是正在接近喜马拉雅山。然而我向地平线望去,却找不到一座高过我们那里最高的竹子的山。那些白雪皑皑的山峦和参天大树呢?我不明白为什么那里地势不高,气温却这么低。

"最终我们到达了战争前线,老实说,那只是战场的后方,可即使在那里,你也能听到喷火器在轰隆隆地作响。而且尽管我只是一只普通的鸽子,却在那个地方见遍了不同大小、形状的喷火器。那里还有很多讨厌的金属狗,他们整日狂吠,吐出来的声音总是带来死亡。在那里待了几天后,我们的试飞开始了。除了希拉和我之外,我们所在的城市只有四只鸽子。你知道希拉有多鲁莽,试飞开始之后,我们刚飞过一个规模很大的村庄上空,希拉就越过房屋,朝发出轰轰隆隆声音的方向飞去——他想调查一下那边的情况。好了,一小时后,我们就飞到了那里。哦,好吵!藏在树下的金属狗喷出的火球就像雷电一样在我们下面发出嘶嘶的响声,然后爆炸。

"我很害怕,所以我越飞越高。但在那最高的天空中,我也找不到安宁。不知从哪里飞来的巨大的鹰像大象一样咆哮着,令我们胆战心惊。看到这样可怕的景象,我们飞向了刚德等候我们的地方,但是有两只鹰跟在我们后面!我们加快了飞行的速度,幸运的是,他们没有撵上我们。但是正像我们所预料的,那些鹰的目标仍然是我们的住处。我感到很害

怕，因为我觉得等我们进了笼子之后，他们会像黄鼠狼一样吃掉我们，我马上就要迎来死亡了。然而他们并没有那样做，相反地，他们不再发出恐怖的咆哮声，而是降落到地上，然后死了。那两只鸟的胃里各跳出一个人，走远了。我想知道鹰是如何把人吞进肚子的，那些人又是怎么从鹰的肚子中活着走出来的？

"不久，人们就完成任务回来了，他们爬进鹰的胃里，随着一声呻吟和一阵号角声，那些鹰就又活了过来，向空中飞去。这使我意识到他们并不是动物，而是人类为自己制造的战车。知道这一点后，我就感觉整只鸟都放松了。

"虽然一开始一切看起来都这样奇怪，但是我们习惯之后就不再感到陌生和迷惑了。然而，如何在连绵不断的轰鸣声和吠叫声中睡个好觉的问题仍然没有解决。在部队的那几个月，我从来没享受过一个安宁的夜晚。这就解释了为什么希拉和我每天神经紧张，和两条刚孵化的小蛇似的。

"我的第一次冒险是为前线的罗塞尔达捎个口信，那里各种各样的狗日夜不停地吠叫和喷火。我必须告诉你一件关于罗塞尔达的事：他手下有很多来自加尔各答的印度战士。他把我关在一个被黑色帆布牢牢盖住的笼子里，带着我与他的四十个士兵去前线的战壕。在经过了一个又一个小时，一个又一个晚上之后——在黑暗的笼子里我的感觉就是这样——我们到达了目的地。到那儿之后帆布被移走了，我看到了四周的壕沟，还有戴着头巾，像小昆虫一样在地上匍匐前进的印度士兵。我还能听到机械鹰在我们头顶上恐怖地轰鸣。在这里，我第一次听清这些声音。原来爆炸声不只是混乱的'砰砰砰'，而是有不同等级的，我能用我的耳朵分辨出它们的响度。最难听懂的声音要数男人们相互的交谈，在震耳欲聋的噪声中，他们说话的声音听起来就像草地上的微风在慵懒地低语。他们不时解开一只金属狗的口套，让那只狗长时间地吠叫并不停吐火。随后我又听见鬣狗的笑声——那是成百上千的人在刺激着小金属狗，让那些家伙发出令人毛骨悚然的声音。啪噗，啪噗，啪噗！紧接着，鹰群到来，金属狗们的声音又几乎被上空的鹰群的低沉叫声淹没了。鹰群成群地飞翔，疯狂地尖叫，像麻雀打架一样互相残杀。负责照顾我的罗塞尔达把他的机械小狗崽的脸朝向天空,然后让它喷出一股火。瞧!它像扑倒兔子一样击倒了一只机械鹰。这时我又听到了最深沉的声音:砰砰的炸弹嗡嗡个不停!它好似巨大的猛犸的吼声,又犹如丛林里的虎啸,它像神圣和弦组成的华盖,蔓延到战场的每个角落,一切东西都被这无边无际的声音吞噬。哦,这种风琴般的音调充斥着痛苦,然而又令人迷醉。我这辈子还会忘记那种声音吗?咆哮声接着咆哮声,巨响接着巨响,我只觉得如巨石般的洪流在不断地相互撞击!

"为什么美好的事物总是如此靠近死亡?头顶上那崇高的音乐刚刚以那种难以言喻的感觉捕获我的灵魂,无数的火球就像暴雨一样落在我们这里。转眼间,人们纷纷倒在地上,像洞穴被水淹没的老鼠一样死亡。罗塞尔达浑身是血,满脸通红,他匆匆地在一张纸上写了几个字,把它绑在我的脚上,然后就把我放飞了。从他的眼神中我看到了他痛苦的内心,他一定是希望刚德能给他带来帮助。

"你知道的,我的主人,我当然为了履行我的职责而飞了起来,但是我接下来所看到的东西让我的翅膀几乎像被冻僵了:战壕上方的空中有一片悬空的火。该如何突破这层火?我用我的尾巴转向,尝试着朝各个方向飞行,但是不管我从哪个方向向上飞,我的头顶上都有无数火焰在生命的织布机上编织着红色的毁灭之衣。但我必须飞起来,我,彩虹鸽,可是我父亲的骄傲。不一会儿,我撞上了一个充满气流的空气袋,气流把我吸起来,卷到了空中。这种不平衡的姿态让我产生了翅膀折断的错觉,此刻我轻得像一片树叶,随着气流翻来覆去。最终我奋力挣扎,以最快的速度冲过那些编织着红衣的火舌，拼出了一条生路。

"我周围的环境很恐怖，但是我现在不能分心去看任何东西。'到刚德那里去，到刚德那里去。'我不停地对自己说。我每重复一次这句话，它就会给我的心灵一次新的刺激，让我可以使出我全身的力气。现在我已经升得很高了，于是我进行了观察，然后选择向西飞。就在这时，一颗子弹射穿了我的尾羽，它被烧掉了一半。你知道这让我有多生气！我的尾巴是我的荣耀，我不能忍受别人碰它，更不用说朝它开枪了！不过我现在安全地飞回家了——等等，就在我准备降落的时候，两只钢铁老鹰在我头顶上打了起来。我没有听见他们的号叫声，也没有看见他们的脸，如果他们只是互相残杀，我并不会介意，可他们在我身后释放出一阵火焰飓风。他们打得越凶，从他们嘴里喷出的火就越多。我尽我所能地下潜和躲闪——要是附近有一些树就好了。当然，我觉得那里也曾经有过树，但是它们大部分都因为射击而死去了，只在地上留下突兀且残缺不全的树桩，没有遮阳的美丽的叶子，也没有粗大的树枝。

"为了躲避那些火焰飓风，我不得不像人在丛林里躲避大象那样，绕着那些破烂的尖树桩曲折前进。最后我终于回到了家，落在了刚德的手腕上。他剪断我脚上的线，带着那张写了字的纸去见总司令。总司令长得就像一颗成熟的樱桃，浑身散发着一股愉快的肥皂气味。或许他和大多数士兵不一样，一天要用肥皂仔细地洗三四次澡吧。看完罗塞尔达在纸上写的东西，他拍了拍我的头，像一头高兴的牛一样哼了一声。"

第十三章
第二次冒险

"我们第二次被带到前线是在罗塞尔达轻伤恢复之后。这次他把我和希拉都带走了,这让我立刻意识到这次要传递的信息有多重要——它必须由两只鸽子负责。他们希望如果有一只鸽子失败了,另一只鸽子还能让消息准时抵达司令部。

"天气冷得让我觉得自己好像生活在一个冰的王国。下个不停的雨让地面脏得不能再脏,每次踩到地上,脚就会陷进和流沙一样松散的泥里。那些淤泥温度很低,每走一步,脚都会感觉到一阵彻骨的寒意。

"现在我们到了一个奇怪的地方。这不是一条战壕,而是一个小村庄。村庄周围,燃烧着的火焰组成的毁灭性的热浪汹涌着,澎湃着。从人们的神情来看,这是一个非常重要的神圣之地,尽管红色的死亡之舌几乎舔遍了这里的每一处屋顶、墙壁和树木,他们也不愿意放弃这个地方。我对于被安置在一片开阔的地方感到由衷的开心,在那里我看到了低垂着的灰色天空,以及凝结着白霜的还没有被轰炸的土地。我能看见在轰击和射击的中心地带,房屋在枪林弹雨中像脆弱的鸟窝一样碎裂,老鼠从一个洞跑到另一个洞。老鼠偷吃奶酪、蜘蛛结网抓苍蝇,他们都继续干着自己的活儿,人的同类相残对他们来说就像天空中的云彩一样,和他们毫无干系。

"过了一会儿,轰鸣声停止了。看起来这个村庄——准确地说,是它还剩下的这部分——已经不会再受到攻击了。这时天越来越黑,并且低得让我觉得能把嘴伸进去了。潮湿而寒冷的空气罩住了我身上的所有羽毛,并且给我传递着一种被拔毛的痛感。这样一来,我完全无法在笼子里保持静止,为了获得一点儿可怜的温暖,我和希拉紧紧地拥抱在一起,不停地颤抖。

"不知过了多久,枪声再次响起。和上次不同,这一次我在各个方向都能听见枪声。很明显,趁着这一阵的大雾,敌人成功地将我们这个小村庄包围着孤立出来了。紧接着他们开始发射火箭炮——我的注意力还在折磨我的气候上。现在是上午,但是天色很暗,又很潮湿,简直和喜马拉雅山的夜晚一样。人怎么知道这不是夜晚而是白天的?这很奇怪,毕竟咱们都知道,人比鸟懂得少。

"我和希拉被放飞,脚上都绑着要传达的信息。我们飞上了天空,但没飞很远,因为浓雾迅速地吞没了我们。我们的眼睛成了摆设,一层又冷又湿的水膜压在它上面,完全阻隔了我们的视线。但我起飞之前就料到会是这样,我不想其他的,只是去做在这种情况下我该做的事——无论是在战场上还是在印度都是一样——向上飞行。我每次拍打翅膀似乎只能前进一英尺，但是我继续飞。慢慢地，我的翅膀湿了，呼吸在漫长的打喷嚏过程中变得断断续续。我想我马上就会死掉——谢天谢地，我现在能看见几英尺远了！在这样的鼓舞下我飞得更高，不过我的眼睛很快又开始痛了。突然间，我意识到如果不想让自己失去视力的话，就必须拉下我的薄膜——我在沙尘暴中飞行时会使用的第二只眼睑。

"决定拉下薄膜时我明白了，除了大自然制造的雾以外，敌人还冲我们这个村庄释放了一种气味难闻且伤害眼睛的烟雾。刚才那段时间所接触的毒气让我的眼睛疼得像被人扎了针一样，被薄膜盖住后才稍稍舒适了些。我屏住呼吸，奋力往上飞。陪着我的希拉也和我一起往上飞。他因为毒气快要窒息而死，但他同样不打算放弃飞行任务。

"最后我们终于从那团有毒的烟雾中逃了出来，外面的空气很纯净，当我把薄膜从眼睛前面收起来时，我看到在灰色天空的衬托下，有一支队伍在远处行进。那是我们的队伍，我和希拉向他们飞去。

"我们刚飞没多远，一只机器老鹰就发现了我们，他朝我们喷出可怕的火焰——噗，噗，噗……我们竭尽全力躲开了他的攻击，并且飞到了他的尾部。那里是他的攻击盲区，想象一下那个情景，我们逍遥自在地飞在机器鹰的尾巴旁边，而他对我们束手无策。为了继续

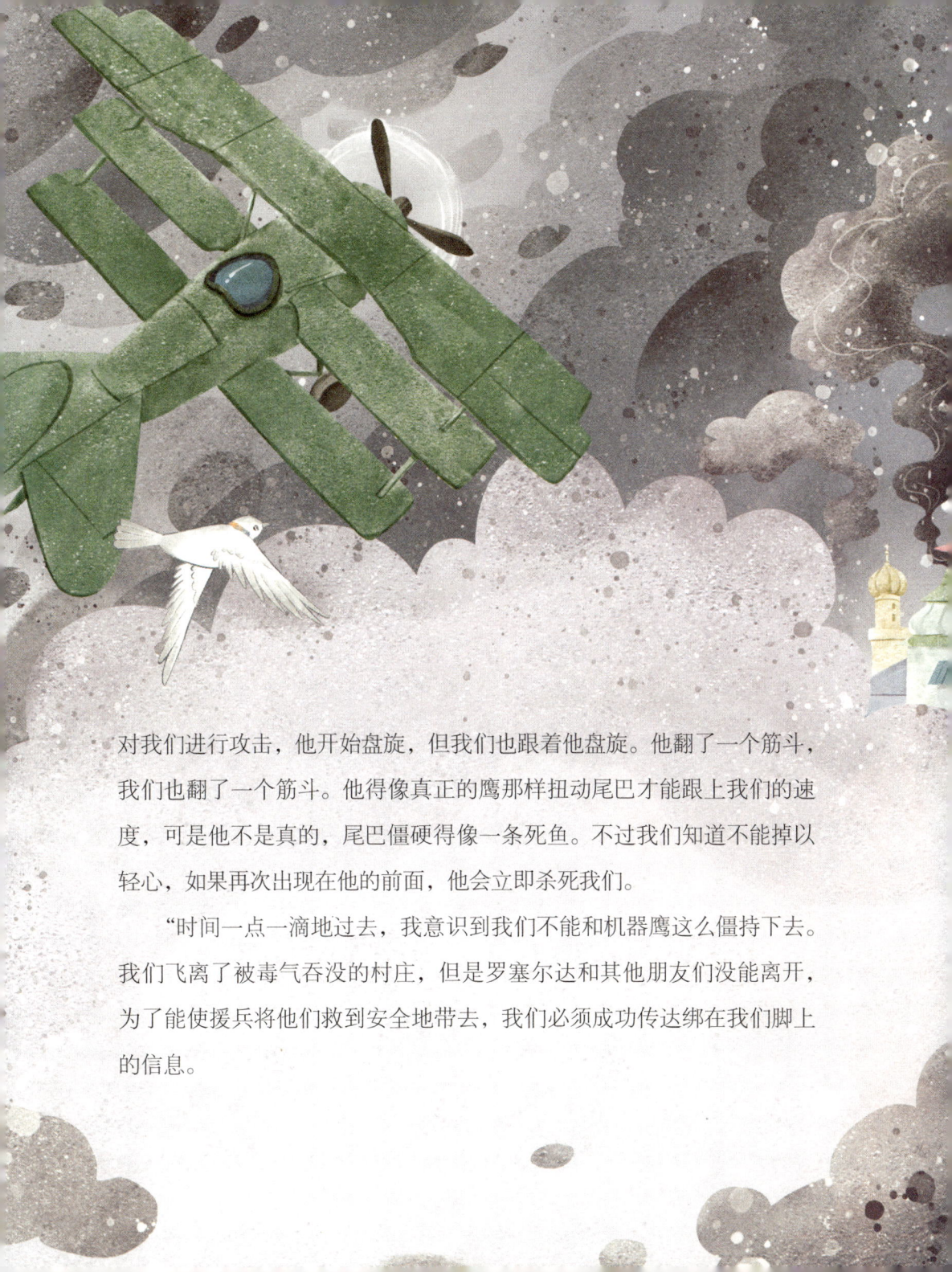

对我们进行攻击，他开始盘旋，但我们也跟着他盘旋。他翻了一个筋斗，我们也翻了一个筋斗。他得像真正的鹰那样扭动尾巴才能跟上我们的速度，可是他不是真的，尾巴僵硬得像一条死鱼。不过我们知道不能掉以轻心，如果再次出现在他的前面，他会立即杀死我们。

"时间一点一滴地过去，我意识到我们不能和机器鹰这么僵持下去。我们飞离了被毒气吞没的村庄，但是罗塞尔达和其他朋友们没能离开，为了能使援兵将他们救到安全地带去，我们必须成功传达绑在我们脚上的信息。

"就在这时，机器鹰耍了一个花招：他扭头飞回了自己的阵地，试图引诱我们跟着他飞过去。我们可不上他的当，如果跟着他飞到敌人的队伍那里，那么敌人的神枪手就可以轻而易举地打中我们。我们继续向家的方向飞，距离家还有一半的路，已经可以看到阵地之后，我们开始变得更大胆了。我们以最快的速度飞行，每振动几次双翼，就飞得更高一些。那只机器鹰看我们没有中他的计谋，就转身跟了过来。幸运的是，他在这个过程中浪费了不少时间。等到他快要追上我们的时候，我们已经飞进了印度阵地的防线。

"谁承想，那架机器鹰不依不饶，仍然紧逼着我们，并开始向我们开火，噗，噗，噗！为了不被打中，我们不得不向下俯冲。为了保护希拉，我让他在我身下飞翔。我们就这样向下一直飞，但是命运不可捉摸。另一只机器鹰不知道从哪里飞过来，向与我们敌对的那只机器鹰射击。我们找回了一些安全感，所以转而并肩飞行。然而，就在我们都以为可以成功回家了的时候，一颗子弹从我身边掠过，击穿了希拉的翅膀。可怜的希拉，他受了重伤！丧失飞行能力的他在空中歪歪斜斜地打转，像一片脱离枝头的银色的叶子一般。他幸运地落在我们的阵地上，但是我知道已经没有人能够挽救他的生命了。悲伤的我像疾雷一样飞了起来，没再分心去看那两只鹰的缠斗。

"回到司令部之后，我被带到总司令面前，他赞扬地拍拍我的背。然后我便意识到了我带来的消息有多么重要：总司令一看完那张纸，他就碰了一些奇怪的发出嘀嗒声的东西，随即拿起一支号角，开始对着它咆哮。

"刚德把我带回了巢穴。我坐在那里，想着希拉。与此同时，脚下的大地仍然在震动个不停。机器鹰在空中像蝗虫一样密集地飞翔，他们咿咿呀呀地叫着，呼哧呼哧地叫着。在他们下面，无数的金属狗在大地上轰鸣，呻吟。接着，会喷出巨大火焰的大金属狗发出深沉的吼声，那声音就像整个森林里的老虎一起疯狂地吼叫似的。刚德拍着我的头说：'你拯救了现在的局面。'但是我仍然不觉得世界发生了什么变化。极目远眺，我能看见的还是只有那片低沉的灰色天空。死亡像恶龙一样盘踞在空中，它盘旋、尖叫，将世间的一切事物都碾成碎片。

"我可以向你陈述一些细节，让你知道我们的现状有多么糟糕：次日清晨，当我飞到阵地附近训练时，我看到有一片地面被炮弹翻了个底朝天，就连最机灵的老鼠和田鼠也没能逃出来，有好几十只鼠失去了生命，变成了散落在地上的碎块。而这里离我的巢穴只有不到一英里远。

"哎，这个世界太可怕了！现在希拉死了，我变成了天底下最孤单的鸽子。我已经厌倦了这一切。"

· 第十四章 ·
刚德去侦察

　　大概是十二月的第一个星期，刚德和彩虹鸽独立进行了一次侦察旅行。他们去的地方是一片森林，那片森林和伊普尔、阿尔芒蒂耶尔和阿兹布鲁克之间的距离都不是很远。那片区域有些特殊，如果你拿一张法国地图，从加来向南画一条差不多的直线，你就会发现这条线上有许多英国军队和印度军队的驻扎地。顺带一提，不少战死的印度穆斯林士兵都被埋在了阿尔芒蒂耶尔那一带。之所以只有穆斯林士兵而没有印度教士兵，是因为印度教徒从远古以来就有把死者火化的传统。那些被火化的人不占坟墓，骨灰随风飘散，不标记任何地方，也不承载任何记忆。

　　让我们说回刚德和彩虹鸽。据情报称，他们被派往的那片森林有一个巨大的地下弹药库。如果刚德和彩虹鸽发现弹药库，那么他们将为那里绘制地图，然后带着地图返回英军总部。因此，在十二月的一个清晨，彩虹鸽被带上了飞机，随飞机一起在森林上面进行了一段飞行。这片森林有一半被德国人控制着，因此离开印度军队的掌控范围后，飞机就停止了飞行，而放飞了彩虹鸽。彩虹鸽单枪匹马地飞入德军控制的区域，在树林里飞了一圈，简单了解了一下这片土地的自然情况，最后飞回了家。这个过程是让他熟悉路线，为之后执行任务打下基础。

刚德和彩虹鸽正式出发是在某一天的下午四点，这里的纬度比纽约高十度，太阳在四点左右就下山了。刚德穿着最厚的衣服，将彩虹鸽藏在外套里面，一人一鸽登上了接他们的一辆救护车。车开到印度军队的第二条防线时，情报部门的一些人员带领他们在一片漆黑中下车，披着夜色继续朝前线进发。

不一会儿，他们就进入了我们常说的"无人之地"。那里的氛围会让普通人魂飞魄散，但幸运的是，刚德熟悉各种野外环境，而且这片土地还长着树木，这让刚德感觉非常亲切。刚德对法语和德语一窍不通，英语只会说"是""不是"和"非常好"。在被带到指定地点后，刚德只能独自寻找德国人的弹药堆——哦，陪着他的只有一只在外套里呼呼大睡的鸽子。

刚德首先提醒自己，他此刻正位于一个天气寒冷如喜马拉雅山的国家。冬天这里的树木的叶子都掉光了，地上不仅铺着一层干枯发脆的秋叶，还蒙着寒霜。对潜入者来说，光秃秃的树木的隐蔽效果是很差的，而且夜晚的寒风会毫无阻拦地吹在人身上。但是由于刚德的眼睛在黑暗中比其他人看得都清楚，鼻子和所有擅长嗅闻的动物一样敏锐，他依然能够在这荒无人烟的地方选择正确的路线。

那天晚上吹的是东风，这对刚德来说是一件幸运的事，因为这让他在贴着树干前进的时候，闻到了一队德国人的行踪。为了躲避他们，刚德像豹子似的爬上了树。除了感谢晚风以外，他还感谢了夜色。由于光着脚在霜冻的地上走路，他的脚流血了。如果现在是白天，那些德国兵肯定会顺着这明显的痕迹逮住他。

刚德还有一次惊险的经历：有一次，为了躲避士兵，他爬到树上，当两个德国士兵走过去的时候，他听见有人在另一根树枝上对他小声说话。他意识到那是一个德军的狙击手，但他埋下头仔细听对方说话，并没有显露出自己的惊讶。德国兵说的是"Guten nacht[①]"，紧接着，他就跨过刚德的树枝，然后滑下了树。虽然刚德听不懂对方说了什么，但他一下子就明白这个人是把自己当成前来换岗的战友了。等到那个人走远之后，刚德也从树上滑了下去，然后沿着他的脚印走。虽然他很难看清脚下的路，但是赤脚会帮助他感受那些脚印：哪里被踩过，哪里没被踩过，他都一清二楚。

刚德最终接近了一个有很多人的露营地，他不得不蹑手蹑脚地绕过他们，然后继续以那种贴着树的方式前进。此时他感到在低处有奇怪的

---

① Guten nacht，德语，意思是"晚安"。

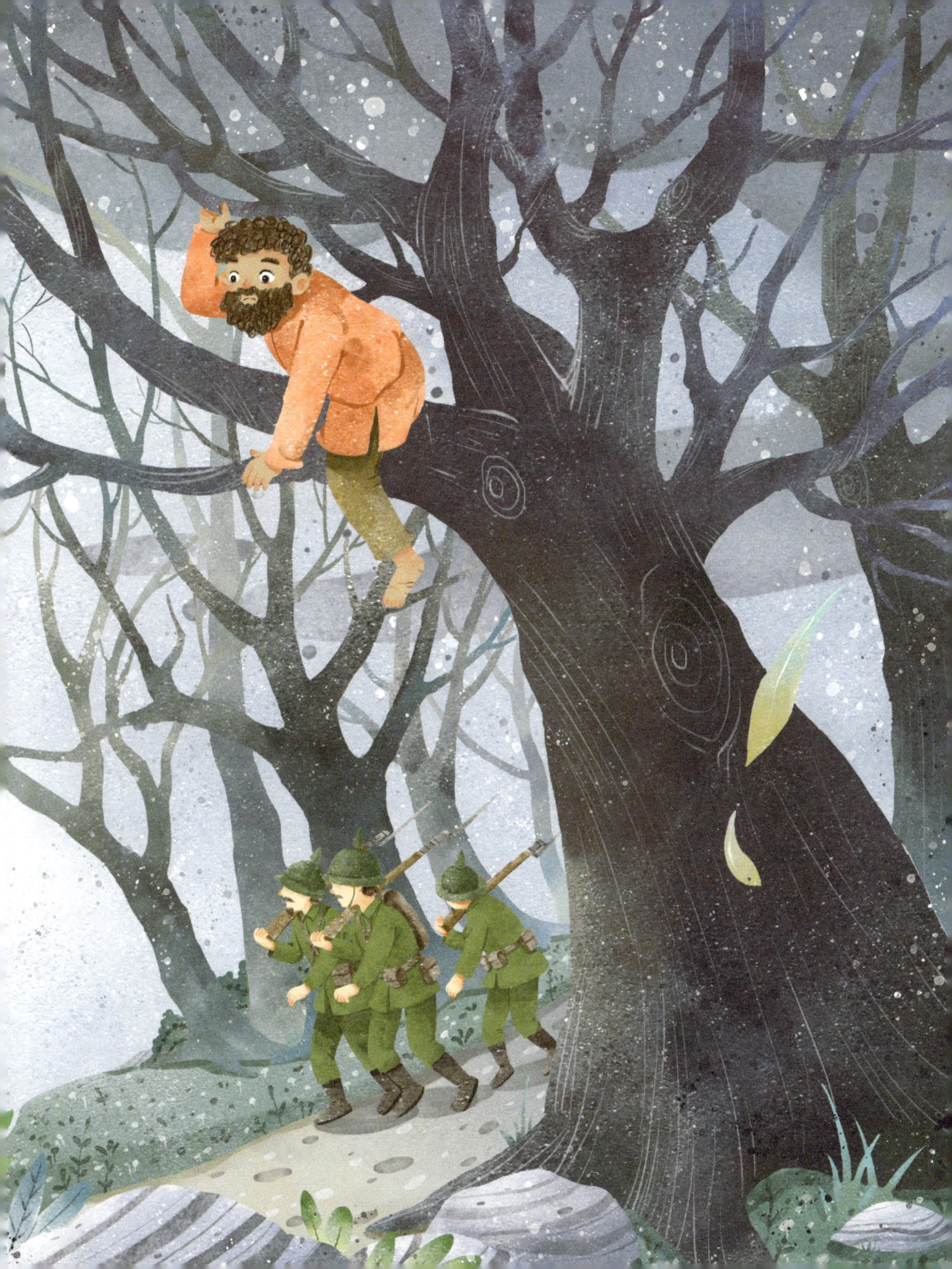

声音，于是停下来仔细听——毫无疑问，这声音他以前曾听过！他耐心等待，过一会儿，动物的脚步声响起来了：啪嗒，啪嗒，啪嗒！刚德迎着那个声音走去，对方相应地发出一声压得很低的咆哮。刚德并没有恐惧，而是喜悦。他听出来那是只野狗，曾经在老虎出没的印度丛林里住过几晚的他，是不会被一只小小的野狗吓倒的。

不久，两只红眼睛出现在他面前。刚德立在原地，用力闻了闻。嘿！眼前这只狗身上一丝人类的气味都没有，这是只疯狗。与此同时，那只狗也在嗅闻着，他也想知道自己面对的是什么样的人。因为刚德没有散发出一般人会有的那种恐惧的气味，所以这只狗走过来蹭着刚德，开始更使劲儿地嗅闻。幸好此时彩虹鸽被放到了狗鼻子的高度之上，气味被风带走了，不然这只狗肯定会闻到彩虹鸽的味道，然后失去理智。

野狗用鼻子判定刚德是一个对他没有恶意，又十分大胆的人。他冲刚德摇尾巴，呜呜叫。刚德没贸然用手抚摸他或者拍他，而是伸出手让他看和闻。然后我们迎来了片刻的悬念：狗会咬刚德吗？过了一小会儿……狗用舌头舔舐着刚德，所发出的呜呜声透露出更多的喜悦。看到这样的情景，刚德对自己说道："看来这是只失去主人的猎犬，他的主人去哪里了呢？可能是死了吧。这可怜的动物现在像条狼，平时吃的八成是抢夺德国军队的供给——但很显然，他没吃过人肉。这是再好不过的事了。"

刚德轻柔地吹着口哨——这是所有国家，所有年龄的猎人共用的信号。狗听到刚德让他"领路"，就敏捷得像林中小鹿一样小跑了起来，领着刚德绕开老虎的洞穴——德军的那些宿营地。绕来绕去，几小时之后，他们到了。

摆在刚德眼前的是德军的军需库和食品站，里面储藏着军需品以及丰富的食物。优秀的领队——那只无主的猎狗——转眼间钻进了一个地上的不起眼的洞口。半小时后刚德才重新看见他——他的嘴上多了一大块牛肉。对狗来说这是一顿丰盛的晚餐，他坐在结霜的地上，吃得开心极了。而刚德却没有那么悠闲，他穿上了几乎整个晚上都挂在肩上的鞋子，然后开始凭借天上星星的位置判断自己的方位。他就那样抬着头看了一段时间。

天色渐亮，他掏出了指南针。没错，这时他已然对周围的地理情况胸有成竹。但让刚德没想到的是，狗居然在这个关头跳了起来，叼住了他的外套的一角。毫无疑问，这只野狗还想再带一次路。刚德打算跟着他看个究竟，于是他们一前一后，最终来到了一个布满荆棘和有着被冻得无比坚硬的藤蔓的地方，中间还有一条低窄的通道。野狗钻进通道以后就不见了。刚德也没有管那只狗的去向，而是转身掏出笔开始画星图与地形图。

画好图之后，刚德将纸系在彩虹鸽的脚上，目送他飞走了。彩虹鸽飞的时候不慌不忙地在树与树之间转换位置，每飞到一棵树上都停留大约一分钟，不仅整理翅膀，还用喙啄自己脚上的信。他只是轻轻地一啄，可能是为了确保信系得牢固。最后他飞到了最高的那棵树的顶端，趴在那里四处眺望。刚德抬头看着——忽然，有东西拉住了他的脚！他低头一看，发现那只野狗正把他向荆棘下的一个洞口拽。刚德把身子伏到最低，打算跟着他的向导走，可是还没等他钻进洞里，一阵急促的翅膀拍动声就在他的头顶响起，紧接着是步枪的声音。刚德知道这时他帮不上彩虹鸽的忙了，应该优先保住自己的性命，因此他钻进荆棘丛，肚子紧紧地贴着地面，竭力往前爬。他爬呀爬呀，然后猝不及防地滑了下去，在黑暗中下坠了大约八英尺。那里真的是黑到了极点，最开始刚德什么都没有注意到，因为他的头被擦伤了，疼痛暂时占据了他的心神。

揉了揉脑袋，刚德开始推理自己可能位于什么位置。他觉得自己应该在一个基本干涸，底部仅凝了一层冰的水坑里面。密集地生长在一起的荆棘盖住水坑，遮去了所有阳光，刚德确信在正午的时候，这里也会和黑夜一样黑。这个安全的地方是那只野狗给他找到的，这只可怜的野狗长时间处于孤独之中，如今刚德肯和他一起行动，已经让他喜出望外了。他还想和刚德多玩一会儿，但是刚德太困了，头顶上传来的枪炮声也不能阻挡他入睡。

差不多过了三个小时，那只野狗忽然先是哀嚎，后是大叫，将刚德吵醒了。也许这只狗疯了？刚德刚产生这样的念头，就感觉世界随着恐怖的爆炸声晃动起来。痛苦难耐的野狗不住地咬刚德的衣袖，但刚德并不愿意离开这里，因为这里是极好的藏身地。

刚德躺在像摇篮一样晃动的冰坑里，开心地自言自语道："啊，彩虹鸽，你这只无与伦比的鸟，你完美地完成了任务，消息已经被你成功带到长得像樱桃的总司令那里去了，他用炮弹的雷鸣作为回答。啊，你是有翅膀的生物中的珍珠，谁能有你绚烂夺目？"

就在刚德想象着彩虹鸽振翅高飞，以及飞机空投炸弹引爆德国军火库的时候，那只撕咬他衣袖的野狗开始像发高烧一样呜咽颤抖。与此同时，有什么东西从空中发出嘶嘶声，接着砰地一声落在了附近。那可怜的野兽绝望地喊叫着，不再管刚德，飞似的冲出了藏身之处。而刚德发现情势不对，也抓紧跟上。但刚德还是慢了一步，他刚穿过一半的荆棘，就听到一阵巨大的爆炸声。紧接着他脚下的地面炸开了，某种恶魔的力量将他抛起来，然后狠狠地砸在地上。鲜红的钻石般耀眼的光在他眼前跳动了一会儿，然后熄灭。他什么都看不见了。

一小时后，当他恢复知觉时，他注意到的第一件事是身边有印度斯坦人在说话。他抬起头，想要听得更清楚些，但是这让他感觉到剧烈的刺痛。他突然意识到刚才发生了什么事：自己被炮弹击中了，而且有可能受的是致命伤。不然，他的身体不会疼得像被一千条眼镜蛇咬伤一样。但话说回来，他此时还是满心兴奋。每听到一句印度斯坦语，他的灵魂就会高高地飞扬起来。

"印度军队成功占领森林了。噢，"他喃喃地说，"既然已经完成任务，那么我现在能够安息了。"

• 第十五章 •
彩虹鸽讲述如何送信

"那个重要日子的前夜,我没怎么睡。刚德肯定会和你说我当时一直在他的外套里面呼呼大睡,但我其实醒着,因为谁都无法在一个一会儿像雄鹿那样奔跑,一会儿像松鼠那样爬树,而且每隔半小时还会让一只奇怪的狗给他带路的人的心脏旁边入睡……刚德的心脏剧烈地跳动,我怀疑别人在几码外都能听到那种怦怦声。而且他还做了另一件让我难以入睡的事:那一夜他的呼吸不规律。我和他的距离很近,所以听得格外清楚。有时他长吸一口气,有时他呼吸急促得像老鼠躲避猫。我宁愿在暴风雨中睡觉,也不愿在这样一个人的外衣下睡觉。

"我还得说说那只狗!我可忘不掉他。当刚德第一次让他接近的时候,我怕极了,幸好空气在从下往上升,他没

闻到我的任何气味。相反，我倒闻到了他身上的味道：他像一个鬼魂，不过这个鬼魂很友善，想和刚德交朋友。他轻得像猫一样的脚步声也清晰地印在我的脑海里，这证明他是一只野狗而非家犬，因为生活在人身边的狗无时无刻不在制造噪声。被人类陪伴着的动物正在堕落：除了猫，生活在文明世界中的动物们都变得粗心又吵闹。但那只狗充满野性，走路悄无声息，他呼吸时也没有声音。什么？我是怎么知道他在哪里的？当然是依靠那股从地上冒出来，一直钻到我鼻孔里的气味了。

"经过一个痛苦的夜晚，刚德终于让我离开了。被放飞的时候，我已经认不出来我当时位于何处。因此，我每遇到一棵树就停顿一会儿，努力将周围的环境与记忆中的场景进行比对。这个过程让我的灵魂充满恐惧，因为借着清晨的阳光，我能看到藏在这些树上的蓝眼睛。那些眼睛用一根管子不断地巡视着各个方向，其中有一个人离我站着的地方甚至只有一英尺！他没有听到我拍打翅膀的声音，因为附近有很多金属狗在'嘟啪啪啪'地乱叫——谢天谢地！

"可是当我再次起飞的时候，他发现了我。我意识到如果不能第一时间躲到另一棵树的树冠里，就会被他打死。事实上，他确实用金属狗发射了很多子弹，不过他反应的速度没有我躲到树后面的速度快。这次生死竞速让我决定在离开敌人的阵地之前不再飞行，只靠双脚在树木之间蹦来蹦去。我用了很长时间，以那种方式前进了半英里，最后还是不顾一切地飞了起来。啊，我的脚实在是太累太疼了。

"我的运气很好，起飞的过程中，没有人朝我的方向投来目光。在空中盘旋了几次之后我飞到了很高的高度，从那里向下看，参天大树已经小得像初生的树苗。我朝四周张望，看见一群金属鹰正掠过清晨的天空。在旭日的照映下，他们就像是一辆辆金色战车。不能再犹豫下去了，如果我还在这里徘徊，这些战车会很快把我碾成碎片。我开始向西飞，与此同时，潜藏在我下方密林里的德国狙击手开始向我射击。

"或许你不明白我向西飞和德国人射击之间有什么联系，我想其中的逻辑应该是这样的：在我飞到高空，绕出一个又一个大大的圆圈的时候，那些狙击手已经看到了我。但是他们不知道我是哪一方的信鸽。然而在看见飞机后，我朝西飞，他们就知道我的家是西边的印度营地，而非东边的德国营地了。因此，他们开始让金属狗发出尖叫。他们想让我从空中栽下来，然后拿走我脚上的纸，看看上面写了什么秘密情报。

"我不能再犹豫下去了，即使冬日的天空晴朗无云，空气也非常寒冷，会使我慢慢冻僵，更何况子弹和敌机还在追逐着我。于是我加速向西飞行，子弹组成的墙壁在我面前展开，死神向我张开大网。但我还有什么选择吗？我要么朝着那张网冲过去，要么被飞过来的金属鹰撞死：他们现在已经离我很近了，我甚至能看清上面的人。

"我心一横，继续向西飞。幸好我一个多月前受伤的尾羽现在基本长好了，如果没有它做我的方向盘，我的任务难度还将大大增加。我耳朵听到的枪炮声非但没有因为飞离德国阵地而减弱，反倒越来越强。不必说，他们已经将我飞向印度阵营的消息通报给了全军，现在所有的金属狗都在朝我狂吠。我绕着弯，转着圈，时而向下，时而向上。那些花招让我欺骗了不少子弹，但是曲折的动作也浪费了我的时间。我最终进入了一架飞机的攻击距离，不得不承受从上面和后面倾泻而来的大量火力。现在除了往前走，没有别的办法了！我不再盘旋，开始努力地飞——快得像最迅猛的风暴。可是我还是被击中了！我那只系着信的腿的骨头在腹股沟处断了，只连着一层皮。它带着那张纸在我身下摇曳，就像是一只麻雀被鹰的爪子夹住时晃来晃去那样。不过我没有时间考虑我的腿，因为那架飞机还在后面追我，我只顾着加速。

"我总算看到我们的队伍了。我往下逃，机器鹰也跟着我俯冲下去。我想翻筋斗来躲避，但是尝试了几次都失败了，受伤的腿让我做不了那些把戏。然后，啪，啪啪，我的尾羽又被击中了，一片片羽毛从我尾巴上落下，一时间让德国战壕里的人看不清我在哪里。于是，我斜着飞向我军阵营——越过后又绕了一个小小的圈。在那之后，我看到了一个难得一见的景象：那架金属鹰被我方的士兵击中了，它在半空中晃晃悠悠，最后还是失去了动力，开始向下坠落。但在坠毁之前，它干了一件坏事——它击中了我的右翼并折断了它。

"看着那台机器着火并掉下去，我感到一阵快意，但我身上的伤带来的疼痛感越来越强。我的翅膀、尾巴和腿好像正在被秃鹰拼命地撕扯。感谢我们种族的神，我很快失去了意识与大部分感知，只觉得有像山一样沉重的重量，在将我向大地拽去……

"我在鸽子医院里接受了一个月的治疗，最后我的翅膀长好了，腿也被缝成了原来的样子，但是它们似乎不能再帮助我飞起来了。每次腾空的时候，我的耳朵里就会充满震耳欲聋的枪声，我的眼睛就会看到枪林弹雨，这吓得我立刻摔在地上。我知道你会说那些枪炮声和子弹都是不存在的，尽管它们是我的想象，可它们对我的威慑就像真正的战场一样。

我飞不动了,我的心被恐惧冻结。

"另外,见不到刚德也是我拒绝飞行的一个原因,我可不想听一个没有棕皮肤,还长着奇怪的蓝眼睛的人的话。鸽子们最讨厌外人进入他们的世界了,我以前不认识这样的人,现在也没必要听这样的人的命令。他们对我束手无策,最后只好用笼子装着我,把我送到了还在医院里养伤的刚德身边。再次见到这位老朋友的时候,我几乎不敢相信自己的眼睛:这还是刚德吗?从前的他眼神坚定无畏,可是现在,他的眼睛却透露出一种纯粹的恐惧。他真的被吓坏了。和其他鸟兽一样,我能从生灵的眼睛中看出他们的状态,刚德的这副模样让我伤心。

"但刚德一看到我,他眼睛上的恐惧的薄膜就被收起来了,他满脸喜悦地从床上坐起,把我捧在手里,吻了吻我那只曾经绑过信的脚。然后他轻轻拍着我的右翅,说道:'哦,你这长羽毛的神圣星座,你勇敢地面对危难,把主人的信息传递给了他的朋友,全体鸽子和整个印度军队都为你骄傲!'说完,他又虔诚地吻了吻我的脚。他的谦卑让我也随之变得谦卑,此时我意识到我没有什么骄傲的资本:机器老鹰弄伤了我的一只翅膀之后,我就是无意识地摔下去的。多亏我当时掉到了一个印度旅的战壕里,而不是摔进了敌军的营地,否则我脚上的信息还有我的性命就保不住了。而且,他们还会包围刚德和那条野狗所在的地方。我已经浑身发抖,不敢去想他们接下来会做什么了。哎,野狗,我们的挚友和救世主,他现在会在哪里呢?"

· 第十六章 ·
治愈仇恨与恐惧

"那只狗,"刚德为我讲起了侦察时的故事,"肯定在战争之初就失去了家园。他的主人应该是个法国人,德国人八成用枪杀了他并且抢劫了他的家。当看到谷仓燃起熊熊火焰的时候,这只狗吓得疯跑进树林里,远远地躲开人类。他把荆棘丛当成了新家,那里的空间对他来说很宽敞,黑暗的环境也能给他安全感。我猜测他会选在晚上外出觅食,因为这时候不容易撞上那些德国士兵。遗传基因让他成为一条猎犬,但是由于长期待在树林里,他的野性又回来了。他就这样犹如一个逃犯般潜藏在树林里,日复一日,与孤独为伴。

"他遇到我时惊讶于我的镇静,我应该是他这几个月里第一个遇到的没有表现出恐惧的人,也并没有因为恐惧而向他发动攻击。

"他是只友善的狗,很乐意与我做朋友。他饿了,并且觉得我和他一样饿,所以他带我去了他平时用餐的地方:德国粮库。他有一条经常走的秘密通道,顺着那个通道,他进入了巨大的粮仓,吃了一些肉之后,

还给我拿了一大块出来。根据狗在地下待的时间,我判断这是一个非常大的密室,除了储存食物,德国人估计也在这里放了不少石油和炸药。因此我做了我应该做的事,感谢神,结果证明这都是正确的。下面我们谈论些其他事吧,因为我非常不喜欢战争。

"看,喜马拉雅山被夕阳照亮了,那顶天立地的珠穆朗玛峰,这样看去,难道不像一个正在燃烧的黄金熔炉吗?一起祈祷吧:

引我离开虚假，进入真实，

离开黑夜，进入光明，

离开喧闹，进入寂静。"

祈祷结束后，刚德默默地离开我们的屋子，从加尔各答启程前往新格里拉附近的喇嘛庙。不过在叙述发生在那里的故事之前，我还得先告诉你们，刚德到底是怎么从法国战场到我们家里来的。

孟加拉军直到1915年2月的最后几天才肯相信彩虹鸽丧失了飞行的能力，同时他们也充分意识到，把彩虹鸽带上战场的刚德不是称职的士兵，这位老人能够杀死老虎和豹子，却完全不愿意夺走敌人的生命。而且，他现在也和彩虹鸽得了一样的病。于是他们就放这两个病号回印度了。他们抵达加尔各答时已经是3月。我看到他们的时候被吓了一大跳：这一人一鸽都表现出恐惧的神情，身体状态宛如得了重病。

我的老朋友将我的鸽子交给我之后，向我叙述了一些战争中发生的事，然后就像刚刚所提到的那样，他独自前去喜马拉雅山治疗心中的恐惧和仇恨了。他每见到人类在战场上自相残杀一次，这些致命的情绪就在他的身体中堆积一次。我和他都深知情绪的疾病有多么可怕，刚德认为，只有独自前往他所爱的大自然，他才能恢复健康。

我也觉得接近大自然对刚德来说是一剂良方，做了祈祷和冥想之后，他会慢慢找回活力。可另一边，对于彩虹鸽，我就束手无策了。他的妻子和已成年的孩子好像帮不到他什么，更糟糕的是，他的孩子还完全不把他认成父亲。因为回到鸽巢之后,彩虹鸽并不关心他的孩子们,也没有履行一个父亲的职责。他的妻子倒是非常关心他,可是这种关心也不能帮助彩虹鸽重拾飞行的信心:彩虹鸽对天空是那样厌弃,别说扇动翅膀了,他甚至只愿意单脚跳一小会儿。我找来最优秀的鸽子医生检查了他的身体,医生得出的结论和孟加拉军得出的一样:这只鸽子腿和翅膀的功能都是健全的,他只是拒绝使用这些身体部件,拒绝飞行。他不愿意打开那只曾被击中的翅膀,在不跑跳的时候只用没受过伤的那条腿站立。

临近四月的时候,彩虹鸽与他的妻子有了寻找材料、搭筑鸽巢的迹象,但粗心的我没有注意到。多亏刚德提醒,我才意识到其背后的严重性。那时天气渐渐地热起来,我正准备带鸽子去避暑,却在这个时候收到了刚德的来信。"彩虹鸽,"他在信中写道,"不应该按照季节筑巢以及抚育后代。如果他的妻子生了蛋,就把蛋处理掉。彩虹鸽现在身上还有严重的恐惧病,很容易将病弱遗传给他的后代。你应该带着彩虹鸽到我这儿来,这里的环境以及喇嘛的帮助让我感觉好了不少,喇嘛说你应该让彩虹鸽也到这里来接受同样的治疗。另外,彩虹鸽的那五只雨燕朋友已经从南方飞回到寺庙的屋檐下了,有他们的陪伴,你心爱的鸽子也会高兴起来的。"

看完信之后,我决定照刚德说的去做。我将彩虹鸽和他的太太分别放在了两个笼子里,带着他们去了北方的群山。

尽管我的计划制订得很突然,但我的父母亲还是及时让人收拾了丹坦的房子，让我在四月末住了进去。我稍微安顿了一下，就将彩虹鸽的太太留在那间房子里，带着彩虹鸽随藏族马帮向新格里拉去了。我把彩虹鸽和他的太太隔开得太晚了，我们离开前，他的太太在丹坦产下了一窝鸽蛋。我相信如果彩虹鸽重新飞上天空的话，他一定会飞回到他妻子那里，帮助她孵化鸽蛋。他的太太与那窝鸽蛋是我们的底牌。当然，我也必须告诉你们一个事实：我们一出发，我的父母亲就将那窝鸽蛋处理了。我们一家不愿意让那些羸弱退化的小鸽子来到这个世界上，败坏彩虹鸽的名声。

　　向新格里拉前进时彩虹鸽每天都站在我的肩膀上，晚上睡觉的时候，我会把我心爱的鸽子关在笼子里，以保证他的安全。每天十二小时的光照与清新的空气让他的身体慢慢康复，但是他好像完全没有飞行的念头。

　　我也曾见过这一带的喜马拉雅山，到了春天，这里的景象就截然不同了。我们在又热又潮的峡谷里前行，身边环绕着白色的紫罗兰与肆意伸展的蕨类植物。成熟的树莓像一颗颗宝石，缀饰着绿色的叶片。蓝色的天空与雪白的山峦相互交映。我们有时会途经森林，那里长着数不清的树木，有比较低矮的橡树，也有高大的榆树、雪松和栗子树。这些树挤在一起，奋发向上，都想争夺更多的阳光和雨露。而一头头活泼的小鹿则穿梭在昏暗的树影下，寻找更可口的野草和树叶。有时，老虎、猎豹或黑豹会突然出现，咬断鹿的喉咙。无论是天上飞的鸟儿、地上跑的野兽，还是肆意生长的植物，它们都在为了活下去而竞争。生存法则就是如此，即使是微小的昆虫也无法逃脱这一法则的制约。

我们从茂密的树林里走出来的时候，看到的又是另一番景象。由于失去了树枝的遮拦，热辣的阳光径直射进我们脆弱的眼睛，那感觉就好像皮肉被锋利的金刚石刀划开了。当我们的眼睛逐渐适应这种强光，我们看到了漫天飞舞的金黄色蜻蜓，在枝头间闲聊、争吵、追逐着的松鸡、麻雀、印度画眉、孔雀、知更鸟以及鹦鹉。这些鸟无时无刻不在喧闹，有时还会张开双翅向高处飞去，从这座山峰飞到更远的山峰。

然后我们又走到了茶园，并且在开阔地带看到了一片松林。那里的斜坡简直就像刀锋一样，让我们的行进变得非常艰难。我们踉跄着爬上来，这里的空气十分稀薄。因为石壁的反射，所有声音都变得更响，即使是轻言细语，声音也能传到很远。头顶的天空仍然是靛蓝色，但是却没有几片云彩，只偶尔飞过一群白鹤或一只老鹰。在稀薄的空气中，无论是人还是动物都开始变得沉默，我们被孤寂的感觉包裹，无声地走入更沉静的空间。寒冷和清净是这一带的关键词，但凉风中也孕育着生机。我们休息了一晚，再上路的时候，愕然发现周围的兰花齐齐地盛开了，不远处挂着露水的万寿菊也变得鲜艳异常。再向前走，我们看见了躺在山下的湖泊。平静的水面上，蜜蜂正在蓝色和白色的莲花间采蜜。

终于，我们离新格里拉已经只有很短一段路了。抬起头，我们就能看见山坡上呼唤着我们的喇嘛庙。它房顶的飞檐和富有古韵的墙壁就像浮动在地平线上的一面旗，催促我们快快行路。尽管路很陡峭，但受到鼓舞的我们只花了一个小时就来到了喇嘛庙的台阶前。

喇嘛们从不参与日常生活的琐碎争斗，身处他们中间是一件多么让人快乐的事情啊！我很高兴能和我的老朋友刚德在这里再次见面。午饭之前，我们在清澈的泉水中沐浴，顺便给彩虹鸽也洗了一个澡。然后我将彩虹鸽放在笼子里进食，和刚德一起走到了餐厅。这间房间的廊柱似乎是檀木制成的，顶端盘绕着金龙。柚木大梁的装饰图案则是端庄大气的莲花，那花形既有刚硬流畅的金属感，又像枝头的茉莉花那样的精致。而在这因岁月而发黑的梁柱间，正坐着一群身穿橙色长袍的喇嘛。他们一边等待我们，一边无声地在红砂岩地上做用餐前的感恩祈祷。我与刚德站在房间门口等候，等到喇嘛结束了祈祷，便和他们一起开口诵唱：

佛陀，
你保护智慧，
你庇护信徒，
真理的宝石在生命之莲中闪耀，
而你是那莲座之上的守护神。

念完这几句之后，我走近那群喇嘛，向方丈致敬。方丈神色庄严地祝福我，脸上带着浅浅的笑意。和其他喇嘛也施过礼后，我们坐在餐桌前准备用餐。说是餐桌，其实是拼在一起的小木凳，当我们坐在地上的时候，木凳的高度正好与我的胸口齐平。因为天气非常炎热，一路上又

出了很多汗，所以我感觉坐在地上十分凉爽舒适。

我们的午餐有扁豆汤、煎土豆、咖喱茄子和鸡蛋，我和刚德吃素，便只吃了前三样，喝了温热的绿茶。

吃过午餐之后，我和刚德被带去了方丈住的地方。他带我们爬上悬崖顶端，悬崖的形状让我想到鹰巢。爬上去之后，我们看见了一丛冷杉和一间空无一物的小石屋。方丈对我们说："我们每天都在喇嘛庙中向慈悲的神灵祈祷，希望他能降下恩惠，让天下的病人得到治愈。可是现在却有连续不断的战争，就连鸟兽都被恐惧和仇恨折磨。这些糟糕的情绪比实体的疾病更恐怖，恐惧、仇恨、怀疑和憎恶从一个人传染到另一个人，最终会让整个世界遭受苦难。恐怕世人短时间内难以摆脱情绪疾病了。"

说这些话的时候，喇嘛因为心中的悲伤而紧皱眉头，因为精神上的疲惫而耷拉着嘴角。虽然他离凡世的战争很远，但是他的心比在战争前线的人还要沉重，他更能感受到战争中人类罪恶的负担。

但是再度向我们说话的时候，他的脸上还是挂上了微笑："我们说说彩虹鸽和刚德的事吧。孩子，如果你想让你的鸽子再次飞上天空，你就需要学习禅定，通过冥想，你可以获得勇气。刚德这几天也是这么做的。"

"我要怎么做，长老？"我非常着急。

我的话让方丈的脸颊微微泛红，不必说，我过于直接的提问让他有些不好意思了。意识到自己的失态之后，我也尴尬起来——说话直接还有做事毛躁都是很不好的行为。

方丈知道我很羞愧，所以他温柔地对我说道："就像我们在喇嘛庙中做祈祷那样，晨昏两次，让彩虹鸽站在你的肩膀上，然后你在心中对自己说：'我的生命是无限的勇气的集合，每一条活着的生命也都有着无限的勇气。希望我的心足够纯净，能够让我接触的生命也打开他们的勇气宝库。'坚持一段时间，你就会真正到达你默念的那种纯净的境界。那个时候你将告别恐惧、仇恨和疑虑，你生命中的勇气也将进入与你接触的彩虹鸽，让他摆脱那些情绪。心灵完全纯净的人，总是能给外部的世界注入不可思议的力量。照我说的那样去做吧！我，还有其他喇嘛会帮助你的，期待最后的成果。"

方丈停了片刻，继续解释道："刚德比所有人都了解动物，你记得他曾经说过的话吗？动物和人一样，都会染上恐惧病。你的鸽子因为曾经受过冲击，所以觉得天空上的所有东西都会攻击他。树叶和云落下的阴影都会让他惶恐不安，但这些痛苦并非来自外界，而是来自他的内心。

"就在此刻，悬崖下面的村庄——对，就是从这里向西北方向延伸的那个地方——正在遭遇和彩虹鸽类似的痛苦。这个季节动物们正在向北方迁徙，村民们被这种自然现象吓到，于是拿旧式火绳枪猎杀他们，这种行为反倒让野兽开始攻击村民，野牛开始啃食地里的庄稼，猎豹叼走圈养的山羊。今天我听到消息说，昨晚有一个人被野牛给顶死了。可惜啊，我已经劝告过他们了，让他们放下猎枪，用祈祷和禅定消除痛苦的源头，可他们就是不愿意这样做。"

"长老，你怎么不让我替那些村民除掉危害村庄的野兽呢？"刚德问。

"因为你还做不到，"方丈的回答出乎我的意料，"清醒时你摆脱了恐惧的折磨，但是进入梦乡的时候，你就会发现痛苦的源头还潜藏在你的梦中。继续祈祷和禅定吧，再坚持几天，那些残余的渣滓就会消失了。如果那时村民们仍然被野兽困扰，你就去助他们一臂之力。"

· 第十七章 ·
喇嘛的智慧

我听从喇嘛的建议,进行了极为严格和虔诚的祈祷与禅定。十天过后,有人将我和彩虹鸽领到喇嘛的小石屋里。我发现平常面庞发黄的喇嘛今天的脸色是有生命力的褐色,杏仁般的眼睛中充满宁静与力量。他从我的手中接过彩虹鸽,对他祈祷道:

愿北风给予你治疗,

愿南风给予你治疗,

愿东方和西方的风给予你治疗。

恐惧离你而去,

仇恨离你而去,

疑虑离你而去。

勇气似汹涌的潮水在你身上奔腾,

平和之道贯彻你的生命,

宁静和力量是你的翅膀。

勇气之光点亮你的眼睛，

荣誉和魄力常存心间！

痊愈吧，

痊愈吧，

痊愈吧！

和平，和平，和平。

祈祷过后，我们坐在小屋里反复思索着这些话，并在心中不断地重复，一直禅思到黄昏时分。我睁开眼睛，看见高耸的喜马拉雅群山变成了不停跳动的斑斓火焰，四周的山谷和洼地都披上了一层莹莹的紫光。

彩虹鸽慢慢从喇嘛的掌心跳下来，来到房间入口处，他跳下来时仍然只用了一条腿，但是伫立在洞口面向夕阳时，他不仅张开了左翅，还缓缓地张开了他那只受过伤的右翅。他慢慢地展开羽毛，放松僵硬的肌肉，最后终于像船帆一样展开了那只长时间拢着的翅膀。他没有着急飞行，也没有做大幅度拍打翅膀这种夸张的动作，将翅膀完全张开后，他又以同样缓慢的速度小心地将两只翅膀收拢起来。他此时对待翅膀的方式就好像一个收藏家对待两把价值连城且一触即碎的扇子一般。我之前从来没有料想过他能像僧侣一样，完美地完成对夕阳的致敬。

紧接着，彩虹鸽肃穆地走下阶梯，结果他刚消失在我的视野里，我就听见了一阵拍打翅膀的声音。我连忙起身，想要追上去看看发生了什么,喇嘛却用手按住了我的肩膀,示意我不要过去。

我扭头看他,他报我以神秘的微笑。

次日清晨,我将这些事向刚德描述了一遍,他笑话我说:"这有什么大惊小怪的,鸽子展翅向夕阳致敬是件很正常的事情啊!人类太过愚蠢自大,才会认为动物们不懂什么叫作虔诚,其实动物的心常常比人类的心还要纯洁,不仅鸽子,我还见过猴子、老鹰、猫鼬向朝阳和落日致敬呢。"

"可以带我去看看他们是怎么做的吗?"

"可以,不过不是现在。我们先去喂彩虹鸽吃饭吧。"刚德回答道。

我们带着彩虹鸽的早饭来到鸽笼旁边,鸽笼门开着:来到喇嘛庙之后,我晚上就不锁鸽笼的门了。但是今天,我们却没有看见彩虹鸽。他去哪儿了?我们在主屋找了一圈,也没有看到他的踪影。然后我们去了藏经阁,在藏经阁外面的一个闲置的房间里,我们找到了他的一些羽毛和一串黄鼠狼的脚印。这让我们心中的警铃大作,但是我们相信他并没有被黄鼠狼咬死,因为他如果受伤了的话,地上应该会有血迹。可是他到底去哪儿了呢?他是成功逃跑了吗?他逃跑之后又做了些什么呢?我们像无头苍蝇一样找了一个小时，就在我们垂头丧气，将要放弃时，我听到了他的叫声。

"咕咕咕，咕。"彩虹鸽正和他的雨燕朋友在房顶上说话呢，他站在屋檐上，而雨燕们趴在屋檐下的燕窝里。彩虹鸽说完话后，雨燕先生立刻热情地回应他。

看到彩虹鸽平安无事，我非常高兴："呀，啊呀——！"听到我喊他下来吃早饭，彩虹鸽侧了侧脑袋。等我再次喊他的时候，他看到了我并立刻飞了下来——他拍打翅膀的声音多响亮呀！

我猜想彩虹鸽应该是清晨被喇嘛们的脚步声吵醒，飞出笼子的。他离开房间，结果迷路了，误打误撞地进了那间有小黄鼠狼出没的小屋。然而他是一只经验丰富的鸟儿，没什么经验的小黄鼠狼向他进攻，被他用几根羽毛就轻而易举地骗过去了。飞上天空的彩虹鸽遇见了他的雨燕朋友，他们一起向朝阳进行了祷告后，就落到藏经阁的屋檐上开始聊天。

同一天，悲惨的消息传到了喇嘛庙：一头发疯的野牛在喇嘛所说的那个村子作乱。昨天晚上，他顶死了两个从公共打谷场往家走的老人。

这位来到喇嘛庙的村民代表恳请方丈帮助他们驱除这头害人的野兽。方丈点头答应了："我将在一天后进行祈祷，净化那头野牛充满杀气的灵魂。你安心回家吧，慈悲的生命们啊，神灵会回应你们的祈祷。但切记，以后晚上不要在外面游荡，及时回家，用祈祷和禅定找回心中的平和和勇气。"

刚德在一旁问道："他是什么时候开始骚扰你们村庄的？"

村民代表斩钉截铁地说："他已经来了一个星期了，每天晚上他都偷吃我们的庄稼，春天长出的秧苗有一半被他吃光了——求求你们，你们一定要用咒语和驱魔仪式把这个魔鬼除掉。"说完，村民就离开了。

村民离开之后，喇嘛冲刚德说："你就是被胜利之神选中的那个人，既然你的恐惧病已经被治愈了，你就去帮村民除掉那杀了人的野牛吧。"

"但是，我……"

"刚德，不用害怕，我相信祈祷和禅定已经让你找回了曾经的能力。现在去测试一下你的本事吧，虽然人是从孤独中获得镇静与勇气的，但是只有在人群当中，他所获得的那些东西才能得到检验。我可以预料到，倘若你现在下山，后天日落之前，你就将胜利归来。不过你还得带着这个男孩和他的鸽子——这也证明了我对你的信心，如果我觉得你对付不了那头野牛的话，我就不会把这个男孩放心地交给你了。去解决那个凶手吧，刚德。"

当天下午，我们启程去山下的村庄。我对于有机会在那里过夜感到非常开心，现在刚德和彩虹鸽又变得活力十足了，我将和他们一起寻找一头疯狂的野牛。难道有男孩能抵御这种冒险的诱惑吗？

我们带好了各种可能会用到的东西——绳梯、套索以及猎刀，因为英国政府禁止印度普通民众用枪，所以我们没有带上猎枪。

下午三点左右，我们抵达村庄并发现了野牛的脚印。我们跟着那串蹄印穿过密林与开阔地带，跨过了好几条小溪，并翻过了几棵折断的大树。野牛的蹄印始终是那么清晰。

"他估计害怕得快要死掉了，"刚德说，"不然他不会把脚印踩得这么深。动物们在正常的状态下很少留下痕迹，但是被恐惧折磨的时候，沉重的情绪就好像压在他们的脊背上似的。瞧瞧这四只大蹄子留下的痕迹吧，他此刻害怕得不得了！"

最后我们被一条湍急的河流拦住了去路，刚德说如果我贸然踏进水里，急流会把我的腿冲断。但显而易见，这条河对野牛来说也是个难题，他的蹄印到这里就拐了个弯，开始沿着河岸延伸了。我们继续追踪，结果二十分钟后，我们发现野牛突然远离了河岸，进入了一片密林。那片土地上长了太多的树，现在才下午四点多，踏进丛林的我们就感觉自己如同身处午夜。虽然追踪的速度因此变慢了，但是我们并不担心那头野牛又到村子里杀人，因为这里离我们的出发地实在是太远了。

走着走着，刚德忽然开口："有水声。"我一边走一边努力地听，几分钟后，我终于听到了水摇动莎草的声音和水流的汩汩声。再向前走我发现，密林中有一片湖泊，听到水声时我与它相距二十英尺左右。

"野牛不见了——他估计就躲在这一带，可能正在睡觉，"刚德大声说，"看那儿！河边长了两棵孪生树，我们在那上面过夜吧，野牛接近我们的时候我们不能待在地上。"

"等一下我把这件全是恐惧味道的衣服扔到这两棵树之间。"刚德一边说着，一边把一件他穿在束腰外衣下面的旧衣服放在地上。然后他灵活地爬上了孪生树中的一棵，并把绳梯扔了下来。我顺着梯子向上爬，站在我的肩上的彩虹鸽感觉脚下摇摇摆摆的，于是开始扇动翅膀保持平衡。最后，我顺利地爬上了刚德所在的那棵树。我们在暮色中安静地歇了一阵。

苍茫的群山中有许多有趣的故事。发生在黄昏时刻的故事里，最惹人注目的就是鸟类的生活。苍鹭、松鸡、犀鸟以及鹦鹉的声音到处都是，就像入夜后点缀天空的繁星一样多。在各种各样的曲调当中，你又偶尔能听到啄木鸟啄树的嗒嗒声和老鹰在远处天空发出的鸣叫。这些声音一起组成奇异的交响曲，和轰隆隆的山洪声以及鬣狗如怪笑般诡异的叫声相互交融。

刚德选中的那两棵树是非常合适的扎营地点，我们不仅可以安坐在上面，还可以平稳地沿着树枝向上攀爬。确认这里不是猎豹或者毒蛇的家之后，我们将绳梯系在两根粗大的树枝上面，做好了睡觉用的吊床。在我要舒舒服服地躺在上面的时候，刚德用手示意我向上空看。我抬起头，看见了一只拥有红宝石颜色的翅膀的巨鹰。而在他的周围，天空像彩虹鸽的颈羽一样五颜六色，与从丛林地面升起的黑暗形成鲜明的对比。那只巨鹰在天空一圈圈地盘旋——哦，我知道了，他是在向落日致敬。他的存在与他肃穆的行为让鸟类和昆虫安静下来，最后，只剩下他还活动在空中——这只正在向光明之神祷告的百鸟之王。随着太阳西沉，巨鹰翅膀上的红宝石色逐渐被金色与紫色的光芒取代，而他的膜拜好像也即将画上句号。巨鹰越飞越高，越飞越高，他冲着那燃烧着的山顶飞去，好像要把自己燃为灰烬！最后，他像一只飞蛾般消失在了那片金色当中。

在此之后，黑夜并非一片死寂：野牛不时怒吼，昆虫断断续续地鸣叫。在附近枭叫的一只猫头鹰让藏在我的束腰外衣下面的彩虹鸽蜷缩了起来。猛地，一只和夜莺很像的喜马拉雅噪鹛开始唱歌，银笛般的声音从他的嘴里传递出来，那接连不停的转音和颤音让人迷醉。这歌声像一场大雨，又像顺着树干向下流淌的雨水，所有的液体都滴落在丛林的地面上，顺着树的根系灌入地球的心脏。

喜马拉雅山夏夜的魅力就是这样巨大，它既甜美，又让人感到孤独。我有些疲惫，感觉睡意像波浪一样一阵一阵地拍打着我，刚德又拿出一根绳子把我安全地系在树干上，然后让我把头靠到了他的肩上，舒适的感觉让我想马上入睡，但是刚德此时却开始对我讲起驱赶野牛的计划：

"刚才我扔下去的衣服是我被恐惧困扰的时候穿过的，上面有一种独特的气味，会使野牛闻到之后受到惊吓。如果他对这种气味产生反应，我们就有机会用绳索套住他——希望我能在不伤害他的前提下制服他……"刚德还没说完，我就睡着了。

这一觉睡了很久，我正做着朦胧的梦，突然，一声吼叫传入我的耳朵。我睁开眼睛，发现刚德已经解开了我身上的绳子，示意我往下看。现在大概是黎明时分，天色还很昏暗，我一开始什么都没看见，但是树下的吼叫声和沉闷的咕噜声却清晰极了。热带的天亮得很快，借着阳光，我看清了下面……我看得真真切切，就在我们坐着的那棵树下面，有一头像小山一样的浑身乌黑的动物，树的枝叶挡住了他的部分身体，可我估计他至少有十英尺长。此时此刻，他正用粗糙的树皮摩擦他油光发亮的脊背。

这不禁让我心生感慨：原来自然界中的野牛可以美到这种程度！看

看动物园里那些灰头土脸，或瘦骨嶙峋，或变态肥胖的野牛吧，他们真的属于同一种族吗？自然界中的动物才是真正的动物，可惜大部分年轻人只能通过那些囚禁的表象了解他们，这实在是令人遗憾。我们从不会觉得通过观察监狱里的囚犯能了解人的本性，可有不少人看了动物园里的动物，就觉得自己对他们了如指掌。

　　我们还是继续来说那头杀过人的野牛吧，我放飞了藏在外衣下面的彩虹鸽，和刚德一起沿着树枝组成的天然楼梯向下爬，一直到与野牛头顶距离两英尺时才收住脚。野牛在树下用犄角挑动刚德的那件衣服，把它戳得全是洞。他的犄角上很干净，但头上有一些新鲜的血迹。显而易见，这家伙跑得飞快，昨天晚上他又去村庄作乱，顶伤或顶死了人。这让刚德非常生气，他迅速地将长套索一端绑在树上，并告诉我从上面将另一端套到他的犄角上。然后，还没等我反应过来，他就跳下树枝，闪电般地摸到了野牛身后。惊恐的野牛想要掉头，但是他此刻被夹在孪生树中间，两侧的树干让他只能前后移动。就在野牛迟疑的时候，我用绳索套住了他的头。碰到绳子的那个瞬间，他一个激灵，立刻后退以避开绳子。幸好刚德此时已经绕到了另一棵树的旁边，否则这一下野牛会把他踩死。

　　野牛的躲避起了作用，我的绳索没勒紧他两只角的根部，只套牢了他的一只角，这意味着他随时可能挣脱绳索！"快跑，只套住了他

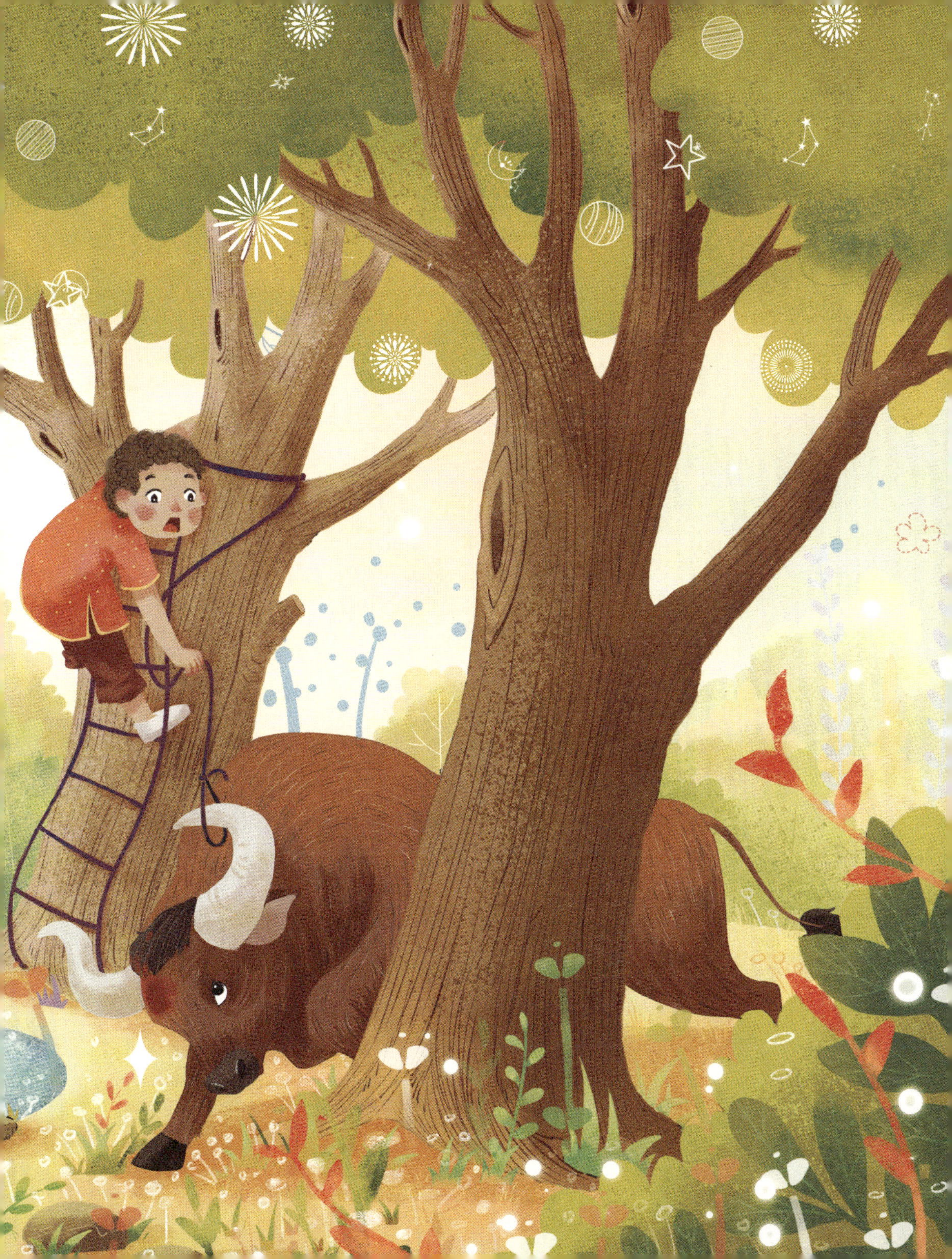

的一只角,快上树!"我大声警告刚德。

然而刚德没有听从我的建议,他就站在和敌人相距几英尺的地方。那头野兽低头蓄力,朝刚德猛地一扑——我闭上眼,不敢再看。

我再次睁开眼时,看到的是这样的景象:野牛被绳索束缚住了,铆足劲儿也无法够到刚德。而刚德则抽出锋利的匕首,并在树木之间绕来绕去。他的行动既考虑了野牛的视野,又考虑了树林中的风向,这样一来,野牛既看不到他,也闻不到他的味道。

野牛彻底糊涂了,因为绳索还拴在他的角上,让他不能在树林中寻找敌人,所以他又回到那件衣服那里,闻了闻衣服,然后用角生气地挑穿了它。除此之外,他还愤怒地大吼,把树林里的各种动物都吓到了。猴子们不知道从哪里蹿出来,在树上乱跳;松鼠像老鼠一样在树和丛林的地面之间来回飞奔;松鸦、鹦鹉、乌鸦、猫头鹰和鸢一起乱飞,顾不上谁是谁的敌人,现在又是否是他们活动的时间。突然,野牛不再冲衣服发泄怒气了,他冲一个方向撞去:刚德不知何时停止隐匿行踪,站在了野牛的面前。他真的是我见过的最镇定的人。

野牛一踏后腿,如刀剑出鞘般扑向刚德,结果他冲得太猛,套索的力量让他奔出去之后腿都被拽得腾空,整头牛离地了好几英尺。野牛怦然落地时绳索已经绷到了极致——忽然,他的牛角嘎巴一声断了。野牛被牛角折断所引起的冲力弄得向前摔去,而刚德则趁着野牛四脚朝天惊慌翻滚的时机,像燧石上打出的火花一样飞了出去。他的匕首比野牛的动作更快,野牛正蹲坐下来,准备站起来的时候,锋利的匕首就深深没入了那黑色的皮毛。刚德用自己的体重压牢了那柄匕首，霎时间，野牛的惨叫震撼了丛林，鲜血喷涌而出。我看不了这么血腥的场景，就又闭上了眼睛。

几分钟后，我睁开眼睛，看见那头野牛已经流干了血，刚德坐在血泊旁边，正擦拭身上沾染的血迹。这时我想起之前放飞的彩虹鸽，于是大声呼喊他的名字，但没有听到任何回应。我爬上树顶四处张望，却也看不到他的踪迹。

我有些担心地爬下树时，刚德已经擦净了身上的血迹。大自然的清洁工飞了过来，鸢盘旋在下面，秃鹫高飞在上空。这些食腐动物总是能最先知道有动物死了。

刚德知道彩虹鸽不见后并不担心："刚才野牛的叫声太大，彩虹鸽估计跟着其他鸟儿飞走了。我猜他现在飞回喇嘛庙了。"

临走前我去察看了一下那头死野牛，他的尸体附近围绕着苍蝇。我粗略地量了量，这头野牛身长十英尺半，前腿大概三英尺长。

接下来我们开始向喇嘛庙跋涉，太阳升到正上方时，我们路过了被野牛搅得鸡犬不宁的村庄。我们通知村长野牛已经死了，村长长吁了一口气，却无法露出笑容：昨天晚上被野牛顶死的人是他的母亲。

因为腹中饥饿，我们加快了脚步，很快就回到了喇嘛庙。我一进门就问彩虹鸽在不在这里，结果得到的答案是否定的。接着我和刚德一起来到老方丈的小石屋。

"刚德，他像你一样平安无事。"沉默几分钟后，方丈说，"刚德，你的心不宁静。"

刚德思索了一会儿，坦诚地回答："长老，除了杀死了那头野牛，没有其他让我困扰的事了。我本不想伤害他的，结果他的犄角折断，我们无法限制他的行动了。唉，我本来想活捉他，然后把他卖去动物园的。"

"财迷！"我高声反对，"死了都比被关进动物园的笼子里好。痛快地死总比生不如死要好。"

"与其在这里指责我，不如想想当初你为什么没有把牛角套牢！"刚德不客气地回敬道。

方丈打断了我们："别为了那已经死去的东西争吵了，多关心下彩虹鸽吧。"

"您说得对，明天我们就去找他。"刚德回答说。

让我们出乎意料的是，方丈说道："不，你们直接回丹坦。我感受到了这个孩子的家人对你们的担忧之情。我听得到他们的想法。"

次日，我们骑马匆匆返回丹坦。还未走到门口，一个出门的仆人就认出了我们，他激动地迎了上来。他说彩虹鸽早就回来了，因为只见到鸽子而没有等到我俩，我的父母担心极了，派出了好几批人去寻找。

我和刚德连忙跑回家，十分钟后，我便与妈妈紧紧地拥抱在了一起。彩虹鸽则一边站在我的头上，一边扑动着翅膀。

知道彩虹鸽是一路从喇嘛庙飞回丹坦以后，我喜上眉梢，他摆脱了恐惧，并且成功完成了长距离的飞行！"啊，你这长翅膀的小精灵，鸽子一族的佼佼者。"我情不自禁地说道。

就这样,我和刚德的朝圣之旅结束了。这次朝圣驱除了战争在刚德和彩虹鸽身上留下的恐惧和仇恨,你们都知道这是多么糟糕的疾病,为了治愈它,做出什么努力都不为过。

在故事的结尾,我不愿用太多的篇幅说冗长的道理,下面是我想说的话:

思想会影响行为,人若是被恐惧或者仇恨困扰,那无论他是否认识到这一点,他们的行动都会因此发生改变。所以,亲爱的朋友们,体会勇气,培养勇气,给予勇气。时刻感受什么是爱,并想着如何去爱。和平与安宁会从你的身体中涌出,就像一枝花会自然而然地释放香气那样。

愿万物获得宁静!

图书在版编目（CIP）数据

彩虹鸽 /（美）达恩·葛帕·穆克奇著；赵一莹编译；可宸绘. -- 北京：科学普及出版社，2025.4.
（国际大奖儿童文学）. -- ISBN 978-7-110-10857-4
Ⅰ. I712.84
中国国家版本馆CIP数据核字第2024WN6134号

总 策 划	周少敏
策划编辑	白李娜
责任编辑	白李娜
封面设计	书心瞬意
版式设计	翰墨漫童
责任校对	邓雪梅
责任印制	徐　飞

出　　版	科学普及出版社
发　　行	中国科学技术出版社有限公司
地　　址	北京市海淀区中关村南大街 16 号
邮　　编	100081
发行电话	010-62173865
传　　真	010-62173081
网　　址	http://www.cspbooks.com.cn

开　　本	720mm×880mm　1/16
字　　数	115 千字
印　　张	11
版　　次	2025 年 4 月第 1 版
印　　次	2025 年 4 月第 1 次印刷
印　　刷	鸿鹄（唐山）印务有限公司
书　　号	ISBN 978-7-110-10857-4/I·781
定　　价	58.00 元

（凡购买本社图书，如有缺页、倒页、脱页者，本社销售中心负责调换）